MATTHIEU RICARD

Die Schneepagode

Matthieu Ricard

Die Schneepagode

Ein Weisheitsmärchen

Aus dem Französischen
von Andrea Wöhr

nymphenburger

Die Originalausgabe erschien 2005
bei NiL Éditions, Paris,
unter dem Titel »La Citadelle des neiges«

Schutzumschlag: Wolfgang Heinzel
Schutzumschlagmotiv: Bruno Baumann
Satz: EDV-Fotosatz Huber /
Verlagsservice G. Pfeifer, Germering
Gesetzt aus Sabon LT 11,5 pt
Druck und Binden: GGP Media GmbH, Pößneck
Printed in Germany
ISBN 3-485-01084-7
Ab 1. Januar 2007: ISBN 978-3-485-1084-9

www.nymphenburger-verlag.de

Kindheit im Dorf

Dechen kam in Khorma, einer winzigen Ortschaft im Osten Bhutans am Fuße des Himalaya zur Welt. Ein Mönch aus der Umgebung hatte ihm den Namen Dechen Dorje, »Diamantene Glückseligkeit«, gegeben. Schon als Kind ahnte Dechen, dass es möglich sein könnte, die Welt zu verstehen. In ihm war eine Kraft gegenwärtig, die einzig danach verlangte, sich auszudrücken. Er wusste zwar nicht recht, welche Richtung er ihr geben sollte, doch die Hoffnung leuchtete in seinem Herzen wie eine kleine Flamme.

Manchmal hatte er den Eindruck, mit allem, was ihn umgab, eins zu sein: dem feuchten Gras, den vom Wind bewegten Zweigen, den farbigen Felswänden, den Insekten, die über die braune Erde eilten, den Mauerseglern, die mit schrillen Schreien durch den Himmel schossen. Dann verschmolz er mit der Welt, er atmete sie ein und nahm sie ganz in sich auf.

Bei anderen Gelegenheiten erschien ihm alles wie eine ferne Vision, ein ungewisses Bild. Er verstand nicht, warum das so war, und verweilte nachdenklich ein Stückchen außerhalb des Dorfes, wo er die Landschaft betrachtete und die Dinge befragte.

Er hatte kein anderes Leben als das in Khorma kennen gelernt, einem Dorf von gerade einmal zwanzig Häusern, das vielleicht hundert Seelen zählte. Vieles wühlte ihn auf, was für die Dorfbewohner selbstverständlich war. Bei den Feldarbeiten zum Beispiel bereitete es ihm unwillkürlich Unbehagen, Tiere leiden zu sehen: die Büffel, die man den ganzen Tag vor den Pflug spannte, die Regenwürmer, die von der hölzernen Pflugschar in Stücke gerissen wurden, die Maultiere, deren Rücken von schweren Lasten zerschunden waren ...

Er mochte es ebenso wenig, wenn die Menschen, berauscht vom *chang*, dem Hirsebier, den Kopf verloren. Am unerträglichsten waren für ihn jedoch Raufereien. Schlimmer noch, er hatte gehört, dass anderswo ganze Völker einander umbrachten, und er konnte nicht begreifen, wie man es so weit kommen lassen konnte.

Ein Lächeln, sanfte Worte und Gesten der Güte erfüllten ihn mit einer Freude, wie man sie beim Einatmen einer reinen, frischen Brise empfindet. Seine Augen begannen zu glänzen und er fühlte, wie eine neue Lebenskraft in ihm erwuchs. Ja, dachte er, so sollten die Dinge sein.

Wenn er fortging, um mit den anderen Kindern dürres Holz im Wald zu sammeln, gab er lieber einem anderen sein Reisigbündel ab, als mitzuerleben, wie seine Kameraden von ihren Eltern zurechtgewiesen wurden, wenn sie mit leeren Händen heimkamen, denn so etwas tat ihm mehr weh, als wenn er selbst gescholten wurde. Einmal, als ganz kleiner Junge, war er an einem Tag, als es stark geschneit hatte, fast nackt und ohne den Mantel, den ihm seine Mutter geschneidert hatte, heimgekommen. »Da steht ein Männchen draußen, das ganz furchtbar friert«, verkündete er. Verblüfft ging seine Mutter nachsehen: Dechen hatte einen kleinen Busch mit menschenähnlichen Umrissen sorgsam in seinen Mantel eingehüllt.

Dechens Eltern waren gute und ehrbare Leute. Seine Mutter Palmo, »die Ruhmreiche«, war fast den ganzen Tag über damit beschäftigt, bunte Stoffe mit komplizierten, schillernden Mustern zu weben. Sie brauchte ein ganzes Jahr, um drei *kishotara*, große Stoffbahnen, fertig zu stellen, die zusammen ein prächtiges Gewand ergaben, das Frauen aus gutem Hause an Festtagen trugen. Mit ihrer fertigen Arbeit machte sie sich auf den Weg, um sie im *dzong* zu verkaufen, einem Marktflecken, der eine Stunde Fußweg von Khorma entfernt war und dessen Häuser eine befestigte Anlage umgaben. Der *dzong*, in dem sich der Sitz der örtlichen Verwaltung befand, umfasste auch ein Kloster. Palmo würde aus dem Verkauf eine hübsche Summe erzielen, für die sie Öl, Zucker und roten Reis kaufen konnte, der im hoch gelegenen Khorma nicht wuchs. Sie würde auch Gummistiefel, Taschenlampen und einige andere in Indien hergestellte Dinge mitbringen.

Dechens Vater Pema Dorje, »Diamantlotus«, war für das Vieh – einen Büffel und fünf Kühe – und die Feldarbeit zuständig, wobei ihm seine fünf Kinder, zwei Jungen und drei Mädchen, zur Hand gingen. Die Böden waren nicht sehr fett, doch sie erbrachten eine Ernte an Gerste, Buchweizen, Hirse und Mais, die den Großteil ihrer Nahrung bildeten. Gegen Ende des Sommers leuchteten die Dächer des Dorfes, die aus langen, von der Zeit schwärzlich verwitterten Holzlatten bestanden, unter den dort in der Sonne zum Trocknen ausgelegten Pfefferschoten in einem hellen Rot.

Palmo vergor außerdem Hirse zu *chang* und brannte Alkohol, dessen Dunst sich, wenn der Abend gekommen war, in jedem Haus des Dorfes ausbreitete.

Die Männer waren geschickt darin, Holz mit dem langen Messer, das sie stolz an ihrem Gürtel trugen, zu bearbeiten.

Der Bau eines Hauses bot Anlass zu Festen und religiösen Zeremonien. Zuallererst kamen Mönche, um den Ort zu segnen. Dechen erfasste nur unklar den Sinn ihrer Rituale und die Mönche unternahmen auch keine großen Anstrengungen, den Bauern den Sinn zu erklären, zumal sie häufig selbst nicht sehr gebildet waren. Doch ihre Musik und ihre Gesänge bewegten Dechen und ihre Gegenwart zog ihn an. Anschließend wählte man auf dem Kalender einen günstigen Tag für den Beginn der Arbeiten. Beim Richtfest floss das *chang* in Strömen. Dechen erinnerte sich an einen Tag, als sein Onkel Wangchuk wie ein Akrobat über den Dachfirst getänzelt war und dazu in die Runde sang: »Ich bin Vishvakarma, der Gott der Handwerker!« Dechen und seine Freunde hatten ihn halb amüsiert, halb erschreckt betrachtet, wobei sie die ganze Zeit erwarteten, dass er vom Dach purzeln würde, aber nichts dergleichen geschah: Der Gott der Betrunkenen wachte wohl über ihn! Zum Schluss segnete ein Lama, den man zu diesem Anlass einlud, das Haus und insbesondere den Raum, der für den Familientempel bestimmt war.

Mit der Nacht kam die Stille. Der fahle Schein der Öllampen erlosch bald; es dauerte nicht lange und das ganze Dorf lag in tiefem Schlaf. Die friedliche Ruhe des Dunkels schien alle Dinge zu durchdringen. Nur von Zeit zu Zeit wurde sie vom Konzert der Hunde unterbrochen, die plötzlich ohne Grund bellten – oder weil vielleicht einer ihresgleichen aus dem Nachbarweiler gekommen war, um in verbotenem Revier zu streunen.

Die ganze Familie schlief gemeinsam in einem großen Raum: die Älteren auf breiten niedrigen Bänken, die entlang der Wand standen und mit bunten Wolldecken bedeckt waren, die Jüngsten auf Matten, die auf dem Boden ausgelegt wurden. Sobald sich das erste Morgenlicht zeigte, ging alles flink vonstatten. Man entzündete ein Holzfeuer an der Feuerstelle, Rauch zog durch das Hauptzimmer und der Teekessel begann zu singen, bereit, um heißen Tee über grobe Reisflocken oder geröstetes Gerstenmehl zu gießen, das mit einem großen Stückchen Butter angereichert wurde. Palmo warf sich drei Mal vor der Buddhafigur nieder und brachte sieben Schälchen mit klarem Wasser als Opfergaben auf dem Familienaltar dar, dann zündete sie ein Räucherstäbchen und eine Butterlampe an. Sie konnte weder lesen noch schreiben, wusste aber zahlreiche Gebete auswendig und brachte sie ihren Kindern bei. Sie erzählte ihnen außerdem faszinierende Geschichten wie die vom großen Eremiten Milarepa, dessen Körper, weil er sich nur von Brennnesseln ernährte, einen grünlichen Farbton angenommen hatte; er konnte durch die Lüfte fliegen und durch Felsen hindurchgehen. Auch sang sie mit sanfter und melodischer Stimme Verse aus den Lehren Buddhas:

Wer Mitgefühl hat, ist Buddha.
Wer kein Mitgefühl hat, ist ein Dämon
des Todes.

Übe dich in vollkommener Tugend,
ohne die geringste schädliche Handlung.
Und beherrsche deinen Geist vollkommen:
Dies ist die Lehre Buddhas.

Wenn Dechen wegen einer Dummheit geschimpft wurde oder Kummer hatte, lief er spontan zu seiner Großmutter Yangchen, einer großherzigen Frau mit flinker Zunge, die keine Scheu hatte, ihre Ansichten über die Leute und die Dinge kundzutun; die Dorfbewohner hielten es für klüger, sich ihre Predigten anzuhören, als ihr zu widersprechen. Sie tröstete Dechen und belehrte ihn gleichzeitig, wobei sie sich auf weise Redewendungen stützte, von denen sie ein unerschöpfliches Repertoire besaß: »Nur wer ohne Verstand ist, legt seine Hand ins Feuer und hofft dabei, dass er sich nicht verbrennt. Wer keine Tränen gekostet hat, wird das Lachen nicht schätzen.«

Das Bogenschießen war der beliebteste Zeitvertreib der Männer im Dorf. Man stellte an den beiden gegenüberliegenden Enden eines Feldes, etwa hundert Meter voneinander entfernt, zwei schmale Bretter auf, die ein farbig aufgemaltes rundes Ziel von der Größe einer Untertasse trugen. Die Bogenschützen, die bereits geschossen hatten, versammelten sich um die Zielscheibe. Ganz unbekümmert erwarteten sie jeden neuen heranfliegenden Pfeil und wichen ihm mit einer schnellen Körperbewegung aus, wenn er zu nahe an ihnen vorbeizukommen drohte. Berührte ein Pfeil das Ziel oder blieb sogar in ihm stecken, so vollführten die Mitglieder der siegreichen Mannschaft rituelle Tanzschritte und stimmten Siegesgesänge an.

Im Grunde genommen war das Leben im Dorf gar nicht so rau, trotzdem hatte Dechen das bislang noch undeutliche Gefühl, dass dies nicht die Art war, wie er sein ganzes Dasein verbringen wollte.

Eines Tages, dessen Erinnerung für immer in seinem Herzen eingeprägt bleiben würde, traf ein Mann ein, den die Dorfbewohner besonders freudig zu empfangen schienen. Es war Jamyang Nyima, »Milde Sonne der Erkenntnis«, ein Halbbruder seiner Mutter. Viele Jahre schon lebte er in den Bergen, hoch oben, wo es nachts häufig Frost gab, sogar mitten im Sommer. Beim abendlichen Zusammensitzen am Feuer sprach er von der Schneepagode, einem Ort außerhalb der Welt, weitab von den Menschen, den Göttern nah. Einige Gläubige aus dem Dorf waren als Pilger dort gewesen. Jamyang selbst lebte seit zwölf Jahren an dieser verheißungsvollen Stätte.

Er erzählte von der wilden Schönheit und dem immer währenden Frieden des Orts. Besonders hob er hervor, dass dort oben ein außergewöhnlicher spiritueller Meister mit Namen Tokden Rinpoche lebe, dessen Schüler er sei. Mit einer von Liebe und Achtung erfüllten Stimme sprach Jamyang von ihm als demjenigen, der mit Weisheit und Mitgefühl sein geistiges Leben anleite. Jamyang war weder ein Mönch noch ein verheirateter Mann, sondern ein Eremit, ein Meditierender, der viele Jahre in Zurückgezogenheit verbracht hatte. Er strahlte eine ruhige Selbstsicherheit und eine große Freundlichkeit aus. Während Dechen ihm lauschte, flog sein Geist hinauf zu den verschneiten Bergen; er versuchte sich vorzustellen, wie das Leben dort oben sein mochte, und fragte sich, was man unter einem spirituellen Meister und einem Einsiedlerdasein zu verstehen hatte. Die Möglichkeit, auf eine andere Art zu leben, begann in ihm aufzuscheinen.

Am nächsten Morgen traf er seinen Vater und Jamyang zur Teezeit in reger Unterhaltung an der Feuerstelle an, die Hände über die warme Glut ausgestreckt. Als Dechen näher trat, sagte sein Vater zu ihm: »Jamyang wird bald aufbrechen und in die Berge zurückkehren. Möchtest du ihn begleiten?« Der Junge fühlte, wie sein Herz vor Freude einen Sprung machte. Im Geiste sah er sich bereits den großen Wald durchqueren und bei den Eremiten der Schneepagode ankommen. Wie die meisten Kinder im Dorf achtete er seine Eltern und gehorchte wortlos ihren Anweisungen, sogar wenn es ihm nur halb gefiel. Dieses Mal jedoch lag ein breites Lächeln auf seinem Gesicht, als er einwilligte. Große Aufregung erfüllte ihn angesichts des Abenteuers, das ihn erwartete.

Dechens Eltern hatten bemerkt, dass ihr Sohn von frühester Kindheit an ein ruhiges und freundliches Naturell besaß und gerne längere Zeit bei den Mönchen und Eremiten saß, die durch ihr Dorf kamen. Sie wollten ihm deshalb die Gelegenheit geben, mit dem spirituellen Leben vertraut zu werden.

»Du wirst uns fehlen«, fügte sein Vater hinzu, »und wir brauchen für die Feldarbeit Hilfe. Doch wenn du ein Leben führst, das der geistigen Entwicklung gewidmet ist, können wir nichts Besseres für dich wünschen. Und du wirst dich bei deinen Meditationen und Gebeten an uns erinnern. Wir werden stolz auf dich sein.«

Dechen war vierzehn Jahre alt.

Seine Mutter bereitete sein Bündel vor – ein eher bescheidenes Gepäck. Einen braunen Wollmantel mit Pelzfutter und eine Mütze für den Winter, eine Decke mit langem Flor, eine hölzerne Schale zum Essen und Trinken und einen weichen Lederbeutel, der *tsampa*, geröstetes Gerstenmehl, und Butter enthielt. Sie gab ihm Proviant für den Weg dazu und verstaute diesen in einem runden Flechtkorb, den ihr Mann aus bunt gefärbten Bambusfasern angefertigt hatte.

Jamyang für seinen Teil nahm Lebensmittel mit, die ihnen beiden mehrere Monate lang reichen würden: einen Sack *tsampa*, zwei Säcke roten Reis, einen Schlauch Butter und einen viereckigen Weidenkorb mit geschrotetem Mais und gut zwanzig Ziegeln gepresstem Tee. Auch einen großen Topf mit Pflanzenfett nahmen sie mit, das für die Opferlämpchen im Tempel bestimmt war. Jamyang und Dechen würden für ihre dreitägige Reise zwei Maultiere mitnehmen, um all dies zu transportieren.

Als der Moment des Aufbruchs gekommen war, gab Palmo Jamyang einige zerknitterte Geldscheine. Nicht dass dort, wo sie hingingen, irgendetwas verkauft worden wäre, aber es würde ihm erlauben, kleine Käufe zu tätigen, wenn er auf dem Weg Nomaden begegnete, die zum *dzong* ins Tal hinabstiegen. Sie freute sich über die Zukunft, der ihr Sohn entgegenging, trotzdem sah man Tränen aus ihren Augenwinkeln perlen. Dechen war ihr jüngstes Kind, dasjenige, dem sie die zärtlichste Fürsorge hatte zukommen lassen.

In seiner Aufregung über das Abenteuer begriff Dechen nicht, dass er seine Familie wahrscheinlich ein oder zwei Jahre nicht wiedersehen würde. Dennoch spürte auch er einen Stich im Herzen, als er schließlich mit Jamyang und den Maultieren aufbrach.

Die Dorfbewohner unterbrachen ihre Arbeit, um ihnen eine gute Reise und ein langes Leben zu wünschen. Dechens Geschwister und einige seiner Kameraden begleiteten sie bis zu einem kleinen Pass. Oben angekommen, wandte er sich noch einmal um. Seine Mutter, Großmutter Yangchen und einige Verwandte standen immer noch unbeweglich vor dem Haus und blickten ihnen nach, wie sie sich entfernten. Dechen schwenkte als letzten Abschiedsgruß einen langen Zeremonialschal aus weißer Seide, den ihm seine Mutter im Moment der Trennung als Glücksbringer um den Hals gelegt hatte. Im Dorf beschrieben mehrere Schals zur Antwort verschlungene Arabesken in der Luft und sandten ihm liebevolle Wünsche hinterher. Dann, als der Pass hinter ihnen lag, verloren Jamyang und Dechen das Dorf aus dem Blick.

Aufstieg im Wald

Rundum war es still geworden. Ihnen stand ein beschwerlicher Weg bevor, ein langer, dreitägiger Anstieg zu den verschneiten Höhen. Sie wanderten zunächst zwei Stunden am Fluss entlang und drangen dann in einen üppigen Urwald aus riesigen Bäumen ein, deren Kronen ein smaragdfarbenes Gewölbe bildeten, durch das hie und da Lichtstrahlen rieselten. Das dichte Unterholz war ein einziges Gewirr von toten Baumstämmen, Moospolstern und Orchideen, das von Bächen durchzogen wurde, die sich verzweigten und ausgedehnte morastige Sumpflöcher bildeten.

Einen Stock in jeder Hand, sprangen Dechen und Jamyang von Stein zu Stein – in der Hoffnung, dass keiner unter ihren Füßen wegrollen würde. Sie liefen so schnell wie möglich über schmale, halb vermoderte Baumstämme, bevor diese unter ihrem Gewicht nachgaben, dann fassten sie sofort den nächsten Stamm oder einen kaum sichtbaren Stein ins Auge, um ihn mit einem Satz zu erreichen. Es war eine wahre Kunst und man tat gut daran, sich nicht ablenken zu lassen! Doch insgesamt kamen sie ganz gut zurecht, denn die Steine und Rundhölzer waren im Laufe der Jahre, ohne dass dies gleich auffiel, von unzähligen Reisenden und Viehtreibern an den richtigen Stellen platziert worden. Zudem verfügte Dechen wie die meisten Einheimischen über ein außerordentlich gutes Gleichgewichtsgefühl und war absolut schwindelfrei. So marschierten die beiden Wanderer mit ihren Maultieren zügig dahin.

»Diese morastigen Wege sind wie *samsara*, die Welt des Leidens«, erklärte Jamyang Dechen während einer ihrer seltenen Marschpausen. »Um gut hindurchzukommen, musst du dich auf zwei Stöcke stützen: die Weisheit und die Methode. Das eine geht nicht ohne das andere. Mit einem Stock allein wäre es bald so weit, dass du dein Gleichgewicht verlierst und mit der Nase im Schmutz landest.« Dechen hatte noch keinerlei Vorstellung, was Weisheit und Methode bedeuten sollten, sagte jedoch kein Wort.

Bald darauf hatten sie das Sumpfgelände hinter sich und stießen auf einen Weg, der sich eine moosbewachsene Anhöhe hinaufschlängelte. Sonnenstrahlen, die wie Lichtschwerter die Kuppel der hohen Baumkronen durchbrachen, beleuchteten das schöne Grün. Der Ort lud zur Rast ein. Jamyang und der Junge ließen sich nieder, um ein wenig zu verschnaufen. Es dauerte nicht lange, und sie hatten ein Feuer entzündet und in der verbeulten Kanne, die Jamyang vom Sattel des einen Maultieres losgebunden hatte, Tee zubereitet.

Während sie sich stärkten, fuhr Jamyang fort: »Weisheit besteht darin zu verstehen, dass alles, was du siehst und was du fühlst, so vergänglich ist wie ein Traum, wie eine Illusion, ein Tautropfen, ein Blitz in der Nacht oder ein Luftbläschen an der Oberfläche eines Gebirgsbaches. Methode bedeutet, Mitgefühl für alle Wesen in sich zu tragen: Im Großen und Ganzen kann man sagen, es bedeutet, ein gutes Herz zu haben. Ohne Weisheit nimmst du alles verkehrt wahr und ohne Mitgefühl ist deine Weisheit nicht sehr viel wert.«

Nach und nach bekamen die Wörter für Dechen mehr Sinn, aber trotzdem blieb dies alles ein wenig kompliziert für einen Jungen seines Alters, der nie irgendeine Bildung genossen hatte.

»Wenn du schwierige Wege wie diese hier beschreitest«, fuhr Jamyang fort, »begreifst du das

Gesetz von Ursache und Wirkung besser. Bist du zerstreut und passiert dir auch nur der geringste Fehler, so kannst du dir beim Fallen ziemlich wehtun. Im Leben ist es ebenso: Wenn du nicht nachdenkst, was du tust, oder wenn du, schlimmer noch, böswillig handelst, dann erntest du natürlich Probleme – das Unrecht, das du anderen antust, noch gar nicht mitgerechnet.«

Dies war schon leichter zu verstehen. Dechen dachte an einen Tag zurück, als er sich mit seinen Spielkameraden aus dem Dorf geprügelt hatte, und an die Traurigkeit, die er danach empfunden hatte. Ein andermal hatte er gelogen, um einer Strafe zu entgehen; danach hatte er sich unwohl gefühlt, als sei die ganze Welt aus dem Gleichgewicht geraten.

Dechen freute sich, dass es so viel für ihn zu lernen gab. Die erste Bekanntschaft mit einer neuen Gedankenwelt vermischte sich für ihn mit seinen Entdeckungen im großen Wald, in den er sich bis jetzt noch niemals vorgewagt hatte. Letzterer war bevölkert von Vögeln mit seltsamen Stimmen wie dem Tukan, dessen klangvolle und melodiöse Rufe in alle Richtungen schallten, oder der chinesischen Elster, deren überlanger Schwanz wie eine blaue Seidenschleppe wogend über das Grün glitt, wenn sie unvermittelt nur wenige Meter vor ihnen aufflog. Große Schmetterlinge flatterten vorbei wie samtige, vom Windhauch davongetragene Blütenblätter.

Es gab auch Bären, doch zum Glück begegneten sie keinem. Mehrere Männer im Dorf hatten tiefe Narben im Gesicht, die sie von einer überraschenden Begegnung mit dem Tier davongetragen hatten – zumindest diejenigen, die überlebt hatten.

Dechen begann, über die *migoï* nachzudenken, die »wilden Männer«, die von Ausländern, die eines Tages in sein Dorf gekommen waren, als »abscheuliche Schneemenschen« bezeichnet worden waren. Die ungewöhnlichen Besucher hatten um jeden Preis einen *migo* sehen wollen, worüber Dechen und seine Freunde viel gelacht hatten. Jedermann kannte einen, der von jemandem wusste, dessen Großvater oder Cousin einem *migo* begegnet war, aber niemand im Dorf hatte jemals einen mit eigenen Augen gesehen.

Da fürchtete sich Dechen schon eher vor den Blutegeln. Hier wimmelte es nur so von ihnen, es mussten Tausende sein. Wie feine schwarze Zungen richteten sie sich schlängelnd von den Blättern am Wegrand und den Gräsern, die den Weg überwucherten, auf, als hätten sie von vornherein gewusst, dass man hier vorbeikommen würde. Andere ließen sich von den Zweigen der Bäume herab auf die Köpfe der Wanderer fallen. Jeden Morgen rieben sich Jamyang und Dechen die Füße und Waden mit Salz ein, damit sich die Schmarotzer nicht an ihrem Fleisch festsaugten. Aber es gab immer einige, die es schafften, unter die Kleidung zu kriechen. Ihr Biss tat zunächst nicht weh und Dechen bemerkte sie erst dann, wenn das Blut an seinen Beinen entlanglief oder durch sein Hemd sickerte. Kaum verteidigen konnten sich dagegen die Maultiere und so waren sie innerhalb kürzester Zeit voller Blut, vor allem an den Stellen, wo ihre Haut dünn war, an den Beinen, um die Augen und in den Nüstern.

»Schweifende Gedanken sind wie diese Egel«, sagte ihm Jamyang. »Man bemerkt sie zuerst nicht und danach ist es schon zu spät: Da haben sie unseren Geist schon eingenommen. Sie sind wie Feuer, das unter der Asche schwelt. Die Glutreste stehen für unsere Gewohnheiten, unsere hartnäckig eingewurzelten Neigungen – es genügt, dass die Ereignisse des Lebens sie anfachen, schon lodern die Flammen des Zorns und des Neides wieder auf.«

Dechen trug Segeltuchschuhe, die ihm seine Mutter im *dzong* gekauft hatte. Zur Zeit seiner Großeltern trug niemand in Bhutan Schuhe, noch nicht einmal Ugyen Wangchuk, der König des Landes. Dechen erinnerte sich, im *dzong* eine alte, vergilbte Fotografie gesehen zu haben, die den König und seinen Hofstaat zeigte, wie sie barfüßig an der Seite ausländischer Würdenträger standen, die sich in ihrer Landestracht präsentierten. Sein Vater hatte ihm erzählt, dass diese Abgesandten, die mit großem Pomp aus dem von ihnen besetzten Indien angereist waren, eine beträchtliche Arroganz an den Tag gelegt hatten. Das beeindruckte die Bhutaner nicht im Geringsten; sie machten sich sogar über die weißgesichtigen Besucher lustig und diese reisten verärgert wieder ab.

Dechen selbst wusste seine Schuhe zu schätzen. Jamyang erzählte ihm, dass sein Vater und dessen Gefährten, als sie vor langer Zeit – dreißig Jahre war das her – als Pilger nach Tibet gegangen waren, sich die Füße mit Stoffstreifen umwickelt hatten, um eine Woche Marsch durch den Schnee zu überstehen und die Hochgebirgspässe zu überqueren. In Tibet angekommen, hatte sein Vater sich tibetische Stiefel aus buntem Filz mit Sohlen aus festem Leder besorgt. Nach seiner Rückkehr hatte er sie nie mehr getragen, aber Jamyangs Familie bewahrte sie zum Andenken auf.

Seit zwölf Stunden plagten sich Jamyang und Dechen nun schon auf einem engen und schlickerigen Weg, der sich unter dem Laub des dichten Waldes dahinwand. Steigungen wechselten mit Gefällen, eine Abfolge, die niemals ein Ende zu nehmen schien. Beinahe schlimmer als der Anstieg waren die Abstiege – einige davon bis ans Ufer des Wildbachs zurück –, denn danach hieß es die verlorene Höhe wiederzugewinnen.

Die Nacht brach an und es begann zu regnen. Bis jetzt hatte es keinen Ort gegeben, wo man anhalten und ein Lager hätte aufschlagen können, aber Jamyang wusste, dass sie sich einem Dörfchen näherten, das sich eng an den steilen Hang schmiegte.

In der Dämmerung öffnete sich plötzlich eine Lücke in der Vegetation und terrassenförmig angelegte, bewirtschaftete Felder tauchten vor ihnen auf. Unterhalb davon kerbte eine tiefe Schlucht mit Schwindel erregenden Wänden das bewaldete Tal. Vom gegenüberliegenden Berghang stürzte ein hoher Wasserfall hinab zum Bach; wie ein Schal aus weißer Seide entfaltete er sich langsam vor der dunklen Wand.

Der Weiler bestand alles in allem gerade einmal aus zwei kleinen Häusern. Unter dem Vordach einer Scheune türmte sich eine große Menge Brennholz. Am Phurba, die Bäuerin, die das Regiment über die Wirtschaft führte, empfing Jamyang, als wenn er ein naher Verwandter wäre. Wie Dechens Mutter webte auch sie prächtige *kishotara*, deren Verkauf es ihr ermöglichte, für die bescheidenen Bedürfnisse der Familie zu sorgen.

Vor etwa zehn Jahren war ihr Mann ausgerutscht, als er eine Furt im Bach durchwatete, und sein Kopf war mit voller Wucht gegen einen Felsen geprallt. Seither wurde er ständig von einer großen Müdigkeit geplagt und konnte nicht mehr richtig arbeiten. Zudem war er ein wenig einfältig geworden. Doch er kochte und bestellte den schmalen Streifen Land, der das Haus umgab. Die älteste Tochter, Drolma, kümmerte sich um die drei anderen Kinder und hatte auf alles ein Auge, während Am Phurba am Webstuhl saß.

Nachdem Dechen Jamyang geholfen hatte, den Maultieren die Lasten abzunehmen, ließ er sich abgekämpft und durchnässt an der Feuerstelle in der Küche nieder und schaute zu, wie der Vater eine Suppe mit frischen Nudeln zubereitete, die er soeben noch auf einem großen, vom Gebrauch ganz blank gewetzten Brett geschnitten hatte. Der schwache Schein einer Öllampe vermochte den Raum kaum bis hin zu den vom Rauch geschwärzten Wänden zu erhellen.

Jamyang erzählte Neuigkeiten aus dem Tal, dann holte er aus der Tiefe seiner Taschen einige Einkäufe hervor, die Am Phurba ihn zu besorgen gebeten hatte: eine Anzahl von Seidenknäueln in allen möglichen Farben, ein Dutzend Streichholzschachteln, drei Rollen Schnur, eine Eisenschaufel und ein Säckchen Salz. Nachdem Dechen mit Genuss mehrere Schalen heiße Suppe gegessen hatte, dauerte es bei seiner Erschöpfung nicht lange, bis er auf seinem Lager – einer Strohmatte auf blankem Boden – einschlief, den

Kopf auf den Packen mit seinen Sachen gebettet. Sorgsam breitete Jamyang eine Decke über ihm aus.

Am Phurba schlug ein großes Stofftuch über ihren Webstuhl, ihr Ehemann warf Asche auf die Glut und bald verfiel das ganze Haus in tiefen Schlaf. Nur das Ticktack eines großen indischen Weckers, der nur eine ungefähre Zeit angab, und das ferne Rauschen des Gebirgsflusses belebten die tiefe Stille der Nacht.

Früh bei Tagesanbruch waren alle sofort auf den Beinen, mit Ausnahme der beiden Letztgeborenen, die noch im Bett ihrer Eltern schlummerten. Das Feuer musste wieder angefacht, Opfergaben auf den Altar gestellt, Holz und Wasser geholt, eine kleine Mahlzeit vorbereitet und die Tiere aus dem Stall gelassen werden.

Am Phurba saß indessen bald wieder an ihrem Webstuhl. Ihr Weberschiffchen schoss, wie von Zauberkraft bewegt, hin und her. Von Zeit zu Zeit knotete die Weberin neue Seidenfäden in leuchtenden Farben ein, ohne dabei zu zögern, denn sie sah das komplizierte Muster, das unter ihren Fingern entstand, im Geiste klar vor sich. Während sie ihre Arbeit unentwegt fortführte, plauderte sie mit Jamyang. Dechen saß still da und beobachtete sie.

Plötzlich wandte sich Jamyang zu ihm um: »Schon dieser Webstuhl an sich kann uns eine Lehre vermitteln. Schau, die Kette zeigt uns, dass in dieser Welt alle Dinge miteinander verbunden sind. Ziehst du an einem der Fäden oder lässt ihn locker, so wirkt sich deine Handlung auf sämtliche anderen Fäden aus. Das Weberschiffchen steht für deinen Geist und die Motivation deiner Taten. Sie bestimmen, ob die Schussfäden, aus denen sich deine Existenz aufbaut, ein schönes oder hässliches Gewebe bilden. Je nachdem, ob dein Geist gute oder schlechte Absichten hegt und ob er in die Kette deiner Handlungen die seidenen Fäden der Selbstlosigkeit oder die derben Fasern des Egoismus einzieht, wird er aus deinem Leben ein herrliches Gewebe in strahlenden Farben machen oder aber ein raues Stück Stoff, das gerade einmal als grober Kittel taugt.«

»Ja, aber ich lebe nicht allein auf der Welt«, entgegnete Dechen. »Die anderen greifen in meine Webarbeit ein, sie helfen mir oder behindern mich.«

Darauf antwortete Jamyang: »Es liegt an dir, dem Gestalter dieses Werkes, ihre Handlungen, ihre Hoffnungen und ihre Ängste darin einzubinden, sodass ein Gewebe entsteht, das alle bekleidet.«

Nach dem Morgentee setzten die beiden Pilger ihren Weg fort.

An diesem Tag schien die Sonne durch den Wald und sie marschierten flott dahin. Gegen Mittag gelangten sie an einen anderen Weiler, wo man ihnen bereitwillig ein schlichtes Mahl anbot. Dabei war die Situation in dem Ort alles andere als einfach. Frauen und Kinder mussten kräftig zupacken, ob im Haus oder auf den Feldern, während die Männer sich nicht gerade überarbeiteten. Nach dem Grund musste man nicht lange suchen: Ab drei Uhr nachmittags waren sie alle betrunken, denn sie brannten einen starken Reisschnaps, nach dem es überall stank. Es war ein trauriger Anblick.

»So ist das Blendwerk dieser Welt«, murmelte Jamyang. »Die Wesen suchen nach Glück und wenden ihm doch den Rücken zu. Sie lassen sich von kurzen Sinnesfreuden verführen und müssen bald erkennen, dass sie gefangen sind, verdammt dazu, trostlos immer wieder ihrer Sucht Genüge zu tun. Sieh diese Männer an, die Sklaven des Alkohols sind. Mit unseren geistigen Gewohnheiten verhält es sich ebenso. Passiv gehorchen wir den Impulsen, die wie nicht enden wollende Kehrreime durch unseren Geist ziehen. Dabei ist die Transformation des Geistes ein so spannendes Abenteuer!« Jamyang sprach diese Überlegungen mehr zu sich selbst; Dechen lauschte nachdenklich.

Kurz darauf waren sie wieder im Wald und kamen nach einer Stunde Marsch an ein paar Yaks vorbei, die auf einem sumpfigen Niederwaldstück weideten. Dechen war erstaunt: Yaks lebten sonst eigentlich auf Weiden im Hochgebirge, in den Gebieten der Nomaden. Wem mochten die Tiere hier gehören? Bald erblickten sie eine kleine Gruppe von Hütten, die von zwei tibetischen Familien bewohnt wurden. Die Eltern waren vor mehr als dreißig Jahren mit einem Dutzend Yaks vor der chinesischen Invasion geflohen und führten ein kärgliches Leben in diesen dürftigen Behausungen. Sie bewirteten Jamyang und Dechen mit Buttermilch, die bei ihnen in der Sommersaison, wenn sie den ganzen Tag lang butterten, im Überfluss anfiel.

Als der Abend gekommen war, fanden die beiden eine Lichtung am Ufer des Flusses und ließen sich nieder, um hier die Nacht zu verbringen. Sie sammelten Reisig, um Feuer zu machen, und breiteten mehrere Schichten frischer dünner Kiefernzweige auf dem Boden aus, deren lange Nadeln einen weichen Teppich bildeten. Nachdem sie sich mit heißem Tee und zerstoßenem Mais gestärkt hatten, streckten sie sich unter dem Gewölbe der Bäume aus, das vom Widerschein des Feuers rötlich erleuchtet wurde. Ein Uhu ließ von Zeit zu Zeit mit würdevollem Ernst sein »Buh« in die Stille fallen. Bevor Dechen in den Schlaf hinüberglitt, lag er noch einige Augenblicke mit weit geöffneten Augen da und versuchte, in die Nacht einzutauchen. Bilder vom Dorf und von seinen Verwandten tauchten in seinem Geist auf. Er sah seine Angehörigen im Gemeinschaftsraum versammelt, wo sie sich fragten, wie es ihrem kleinen Dechen wohl erging.

Am Morgen des dritten Tages hatten Jamyang und Dechen die Region des großen Waldes endlich hinter sich gelassen. Sie bewegten sich jetzt entlang eines wild tosenden Baches, der das Tal hinabstürzte. Seine schäumenden Wirbel brachen sich an riesigen schwarzen Felsblöcken, die sie seit Jahrhunderten glätteten, strudelten um unsichtbare Kuhlen im Bachlauf und zerstoben zu Silberstaub, der in allen Farben des Regenbogens schillerte. Die Wanderer machten auf einer einladenden Wiese halt, um Tee zu sieden und ihre letzten Buchweizenfladen zu verzehren. Während der folgenden Stunden war ihr Weg nicht unangenehm. Sie trafen auf die ersten verschneiten Stellen. Der Pfad führte nun steil bergan und lief im Zickzack zwischen riesigen Felsen hindurch. Der Anstieg nahm einen guten Teil des Nachmittags in Anspruch und sie mussten häufig stehen bleiben, um wieder zu Atem zu kommen.

Ankunft in der Schneepagode

Die Vegetation veränderte sich schlagartig. Gelbe und blaue Enzianblüten, Edelweiß und Wacholder traten an die Stelle der tropischen Gehölze. Die beiden Wanderer erreichten eine sattgrüne, von einem Wildbach durchzogene Hochfläche. Sie mussten den Bach mehrere Male überqueren, indem sie über Baumstämme balancierten, die quer über dem Bachbett lagen. Schließlich stiegen sie zu einer sanft ansteigenden Passhöhe hinan, an deren Scheitelpunkt Gebetsfahnen im Wind flatterten.

Hier öffnete sich vor Dechens Blicken ein gewaltiger Felskessel, dessen Steilwände von hohen, mit ewigem Schnee bedeckten Berggipfeln überragt wurden. Der Felskessel bildete einen fast perfekten Kreis und umschloss eine mit Heidekraut bewachsene und von Tannenwäldern durchsetzte Ebene. In der Mitte schlängelte sich ein Fluss, auf dessen Oberfläche blaue Lichtreflexe tanzten. Rechter Hand – etwa eine halbe Stunde zu Fuß entfernt – blinkte auf einem Felssporn ein Tempelchen vor dem Hintergrund der schwarzen Berge wie ein Goldkrümel in der Sonne. Von der ganzen Landschaft ging eine Atmosphäre ewigen Friedens und tiefer Erhabenheit aus. Dechen dachte bei sich, dass hier das »Ende der Welt« sein musste.

Die beiden Pilger warfen sich drei Mal nieder in Richtung des Tempels, dann verharrten sie für einige Augenblicke in Schweigen und nahmen die kraftvolle Schönheit des Ortes in sich auf. Jamyang blickte Dechen an und verkündete ehrfürchtig und ergriffen mit leiser Stimme: »Die Schneepagode.«

Er deutete achtungsvoll mit der Hand zum Tempel und fügte hinzu: »Hier wohnt Tokden Rinpoche.« Dann erklärte er Dechen: »Rinpoche bedeutet ›Kostbarer‹. Dies ist die Anrede für einen spirituellen Meister. Man benutzt dessen persönlichen Namen nur, wenn es nötig ist, um ihn von anderen Meistern zu unterscheiden. Tokden Rinpoche hat zwanzig Jahre in Tibet verbracht, bei den größten spirituellen Meistern seiner Zeit. Dann kam er zur Schneepagode, um zu meditieren. Seit über dreißig Jahren lebt er hier zurückgezogen, und die einzigen Besuche, die er erhält, sind die von Schülern oder von einigen Pilgern.«

Die Schneepagode war tatsächlich ein heiliger Ort, der fernab aller Straßen und Dörfer lag. Sie war eine der großen heiligen Stätten, an denen Padmasambhava, der »Lotusgeborene Meister«, meditiert hatte. Dieser war auch unter dem Namen Guru Rinpoche bekannt und hatte im achten und neunten Jahrhundert den Buddhismus in Tibet zur Blüte gebracht. Später hatte seine spirituelle Gefährtin Yeshe Tsogyal, »Königin vom Meer der Weisheit«, in einer Höhle hoch oben in der einsamen Schneeregion Askese geübt. Der kleine Tempel, in dem Tokden Rinpoche lebte, war nur einige Meter von Padmasambhavas Felsengrotte entfernt erbaut worden.

Dechen wanderte leichtfüßigen Schrittes weiter, eine ganz neue, jubelnde Freude prägte jetzt seine Wahrnehmung. Jeder Stein und jeder Baum schien eine lebendige Gegenwart in sich zu bergen. Die schneebedeckten Gipfel wurden von niedrigeren Flanken gesäumt, die zur Mitte der Ebene hin abfielen. Sie glichen liegenden Elefanten, die ihren Rücken denen anboten, die sie besteigen wollten, oder Löwen, die sich stolz in Position gebracht hatten, um den unerschrockenen Wanderer herauszufordern. Die Ebene selbst beschrieb die Form eines achtblättrigen Lotus und der Himmel erinnerte, wie er sich über den weißen Berggipfeln abzeichnete, an ein *ghakyil*, einen tibetischen »Kreis der Freude«. Überall leuchteten aus den Wiesen die Tupfer kleiner, türkisfarbener Seen wie Schalen mit Ambrosia hervor. Dunstschleier hüllten die Berghänge ein und verfingen sich in den Schirmkronen der hohen Kiefern. Schroffe Bergspitzen und gezackte Grate ragten in den Himmel wie aufbrandende Wogen, die zu Stein erstarrt waren.

Jeder Fels, jede Höhle, jeder Fluss hatte seine eigene Geschichte. Hier hatte ein Einsiedler meditiert, da hatte ein Heiliger seine Fußspur im Felsen hinterlassen, dort wiederum wohnte eine Gottheit des Ortes. Die Erde war heilig, der Himmel war heilig.

Jamyang und Dechen scheuchten mit ihren Schritten bunt gescheckte Fasane auf, die mit lautem Flügelschlagen aufstoben. Neben dem spirituellen Meister bewohnten etwa zwanzig Eremiten das Felsrund.

In kürzester Zeit bezog sich der Himmel und es begann zu schneien. Während ihre Kleider sich mit weißen Flocken zu bedecken begannen und der Tag sich neigte, erreichten der Mann und der Junge eine kleine Ansiedlung hölzerner Klausen. Diese Meditationshütten standen halbkreisförmig am Ufer eines kleinen Sees, der von großen, flachen Felsen umgeben war. Sie traten in eine Hütte ein, die etwas größer als die anderen war und als Versammlungsort diente.

Einige Eremiten saßen gemeinsam um das Feuer, auf dem die Suppe für den Abend köchelte. Sie begrüßten die Ankömmlinge mit ruhiger Heiterkeit. Niemand sprach mit lauter Stimme wie die Leute im Dorf, die Gespräche wurden in gedämpftem Ton geführt und vermischten sich mit dem leisen Sieden des Teekessels.

Das Abendessen war nicht üppig: eine Schale *thupa,* Nudelsuppe, in der man etwas Linsen hatte quellen lassen. Nachdem die Einsiedler einige Neuigkeiten ausgetauscht hatten, zogen sie sich zurück, um sich ihren abendlichen Meditationspraktiken zu widmen.

Dechen erfuhr, dass andere Eremiten seit mehreren Jahren in vollständigem Rückzug lebten. Sie hatten ihr ganzes Leben der Kontemplation geweiht und nur ihr spiritueller Meister stattete ihnen von Zeit zu Zeit einen Besuch ab. Man legte Nahrungsvorräte und Holz vor die Tür ihrer Klause.

Erschöpft, innerlich jedoch überglücklich schlief Dechen in einer Ecke des Gemeinschaftsraums einen erholsamen Schlaf. Lange vor Tagesanbruch wurde er von den kristallklaren Klängen der Glöckchen geweckt, als die Eremiten in ihren Hütten ihre Meditationspraxis mit Gebeten begannen.

Bei Sonnenaufgang wurde sich Dechen der lichterfüllten Schönheit des kreisförmig vor ihm liegenden Bergmassivs bewusst, das in einen feinen Mantel aus Schnee gehüllt war.

Bald würde er einen der wichtigsten Momente seines Daseins erleben: die Begegnung mit einem spirituellen Meister. Trotz seiner Jugend ahnte er die Bedeutung, Kostbarkeit und Feierlichkeit dieses Moments. Gemessenheit und Freude zugleich lagen in dieser Erwartung, ein inneres Streben, das von Ehrfurcht und Neugier geprägt war.

Die Begegnung mit dem Meister

Jamyang holte ihn ab und sie erklommen gemeinsam den steilen Weg, der zu dem kleinen Tempel führte. Auf der Schwelle fühlte Dechen sein Herz heftig klopfen. Als sie den festen Behang, der den Eingang schützte, hoben, wurde Dechen in einen großen Raum geführt. Linker Hand stand ein kleiner Altar mit verblassten Tonfiguren und heiligen Texten, vor die man Opfergaben gelegt hatte. Der alte Holzboden mit seiner dunklen Patina reflektierte Schatten und Licht. Einige *thangka*s, Stoffbilder, die mit verblichenen Brokatsäumen gefasst waren, schmückten die Wände. Ein feiner Duft von Kiefern und Wacholder, vermischt mit Räucherstäbchen, hing im Raum. Aber Dechen nahm nichts von all dem wahr. Scheu und entzückt richtete er seine ganze Aufmerksamkeit auf einen älteren Mann mit heiteren Gesichtszügen. Das Licht, das durch das kleine Fenster kam, umgab das weiße Haar des Rinpoche mit einem hellen Schein.

Jamyang und Dechen verneigten sich drei Mal und nahmen zu Füßen des Meisters Platz, der auf einer niedrigen, von einem Wollteppich bedeckten Bank saß. In wenigen Worten erzählte Jamyang Dechens Geschichte. Der Meister lächelte, blickte den Jungen voller Güte an und sagte: »*Shatsa*«, ein Ausruf, mit dem sich sonst eine Mutter liebevoll an ihr Kind wendet.

Eine wohlwollende Kraft des Friedens ging von diesem Weisen aus und seine Gegenwart allein genügte, dem Ort eine Ruhe zu vermitteln, wie Dechen sie noch nie erlebt hatte. Es war gerade so, als wenn jedes Ding und jeder Augenblick die innere Gelassenheit des Meisters angenommen hätte. Nichts außer dem leichten Klicken der Gebetsperlen, die langsam durch seine Finger glitten, war zu hören. Die kleinen Holzkügelchen der *mala*, der Gebetskette, waren bei der Rezitation von Millionen Mantras blank gewetzt worden. Zu beten war für den Rinpoche so natürlich wie zu atmen.

Während sich Jamyang und der Meister unterhielten, sog Dechen jedes Bild und jedes Wort in sich auf, so wie man mit kurzen Schlucken das reine Wasser einer Quelle trinkt. Es wurde vereinbart, dass der Junge am nächsten Morgen wiederkommen sollte, um seine ersten geistigen Unterweisungen zu erhalten.

Der Meister gab Jamyang seinen Segen. Als er seine beiden Hände lange auf Dechens Kopf legte, fühlte dieser, wie eine sanfte Wärme seinen Körper durchdrang und diesen mit einem unsagbaren Wohlbefinden erfüllte, als ströme die Liebe des Meisters wie ein leuchtender Nektar aus dessen Handflächen, löse dabei jede Angst auf und lasse das Beste in ihm sich entfalten.

Jamyang und Dechen verabschiedeten sich: Die Hände in einer Geste der Dankbarkeit gefaltet, machten sie kleine Schritte nach rückwärts und vermieden es so respektvoll, dem Meister den Rücken zuzuwenden.

Als Dechen über die Schwelle des Tempels wieder ins Freie trat, wurde er von der Lichtfülle geblendet, die in die innere Welt einströmte, die er soeben entdeckt hatte. Ohne zu sprechen stiegen der Mann und der Junge den Weg hinab, ihre Achtsamkeit ganz auf die Gegenwart des Meisters in ihrem Herzen gerichtet.

Sie gingen nun zu Lama Dorje, der für die kleine Gemeinschaft als Verwalter fungierte. Dieser führte Dechen zu einer Hütte aus schwärzlich verwittertem Tannenholz, die leer stand, nachdem einer der Einsiedler in seine Heimatprovinz zurückgekehrt war. Eine Dachluke schuf ein einladendes Helldunkel, in dem man eine niedrige Liegestatt, die von einer Lage grauem Filz bedeckt war, einen rechteckigen Tisch und eine roh gezimmerte Truhe erblickte, die die einzigen Möbelstücke bildeten. Auf zwei Regalen befanden sich einige auf Papier gemalte Götterbilder und mit den Jahren vergilbte Fotos von Meistern, eine Skulptur des Padmasambhava und sieben Opferschälchen aus rotem Kupfer. Trotz der Einfachheit des Ortes empfand Dechen eine große Freude. Er hatte niemals ein eigenes Zimmer besessen. Diese kleine Klause war jetzt sein Königreich, ein Hafen des Friedens, wo er in aller Ruhe seine spirituelle Praxis beginnen konnte. Seine Eltern, Geschwister und Freunde fehlten ihm und er dachte oft voller Zuneigung und Sehnsucht an sie, merkwürdigerweise hinderte ihn das jedoch nicht, sich an diesem fernen Ort und in diesem neuen Leben vollkommen wohl zu fühlen.

Am darauf folgenden Tag war Neumond. Ein halbes Dutzend Eremiten – jene, die nicht in absoluter Abgeschiedenheit lebten – hatte sich auf der geebneten Fläche vor den Klausen versammelt, um ein Rauchopfer darzubringen. Man hatte Wacholderzweige in das Wasser des kleinen Sees getaucht und sie dann über ein Feuer aufgeschichtet, in dem Gerstenmehl, Butter, Honig und Melasse zischend verbrannten. Von dort stiegen duftende, sich ballende Rauchwolken auf, in denen die Eremiten unzählige Opfergaben visualisierten: bunte Blumen, funkelnde Juwelen, Speisen in hunderterlei Geschmacksnoten, Düfte und Melodien, welche die Himmel erfüllten – überreichliche Gaben für die Buddhas der Gegenwart, der Vergangenheit und der Zukunft, um die Leiden aller Lebewesen zu lindern und ihnen Frieden und Glückseligkeit zu bringen.

Dechen verbrachte den Rest des Tages auf der Wiese sitzend und entdeckte dabei mehr und mehr die großartige Landschaft, die ihn von nun an viele Jahre umgeben sollte. Ein Flüsschen mit kristallklarem Wasser schlängelte sich mitten durch die ovale Ebene. Es war derselbe Fluss, der, sobald er das »Tor« des Bergkessels passiert hatte, die Schwindel erregenden Schluchten hinabstürzte, die Dechen beim Anstieg zur Schneepagode durchwandert hatte. Wie verstreute Edelsteine erhoben sich hie und da eindrucksvolle Felsgruppen, die eine Fassung aus Koniferenwäldchen trugen. Was dem Ort seine Erhabenheit verlieh, war vor allem das vollendete Rund stolzer Berge – eindrucksvolle, steil aufragende Wände, die von ewigem Schnee gekrönt waren und heller als der Himmel strahlten.

Außer dem Pass, über den Dechen gekommen war, gab es noch einen anderen Durchbruch in diesem grandiosen ringförmigen Massiv: Ein steiler Saumpfad führte im Norden der Schneepagode zu einem an der Grenze zu Tibet gelegenen Hochplateau. Eines Tages würde auch Dechen diesen Weg einschlagen, um der tiefsten aller spirituellen Erfahrungen entgegenzugehen, der Meditation in absoluter kontemplativer Abgeschiedenheit. Doch davon wusste er zu diesem Zeitpunkt noch nichts.

Am nächsten Morgen bereitete er sich vor, seine ersten Unterweisungen zu erhalten. Nun, da seine zweite Begegnung mit Tokden Rinpoche bevorstand, war es nicht mehr so sehr die Erwartung des Unbekannten, was er verspürte – wie noch am Vortag –, sondern es erwachte eine Ehrerbietung in ihm, in die sich Bewunderung und Vertrauen mischten. Er fühlte sich wie ein Tischlerlehrling, dem man gleich sein erstes Werkzeug und einen rohen Holzklotz in die Hand geben wird, oder wie ein junger Bauer voller Tatendrang, dem man ein Stück Land anvertraut.

Die Umgebung war dieselbe wie tags zuvor. Tokden Rinpoche erwartete Dechen im goldenen Morgenlicht sitzend wie ein Weiser, der weder etwas zu verlieren noch zu gewinnen, sondern alles zu geben hatte. Dechen berührte mit der Stirn den Boden und ließ sich zu Füßen des Meisters auf dem glänzenden Holzboden nieder. Der Rinpoche war fast am Ende seiner Morgengebete angekommen. Nach einigen Augenblicken der Stille sprach er: »Der Seemann muss über die Meere segeln, solange er ein Schiff hat; der Reiter fernen Gefilden zustreben, solange er über ein gutes Pferd verfügt. Denke, solange du diese wertvolle menschliche Existenz besitzt, immer daran, den spirituellen Pfad zu beschreiten, um dich von der Welt des Leidens zu befreien und Erleuchtung zu erlangen. Denke gut nach, welchen Sinn das Leben der Wesen hat, das so kostbar und vergänglich ist. Es ist schwierig, günstige Voraussetzungen für ein spirituelles Leben zu schaffen. Einfach ist es dagegen, Tag für Tag sein Leben an endlose Betätigungen zu vergeuden. Die Menschen, die dem *dharma*, der Lehre Buddhas, begegnen, sind nicht zahlreich, und noch seltener sind diejenigen, die echtes Interesse für sie zeigen. Den Pfad zu finden ist gleichbedeutend damit, einen Edelstein von unschätzbarem Wert zu entdecken: Verschleudere dieses Gut nicht. Setze es ein, um deinen hohen Idealen und denen der anderen zur Erfüllung zu verhelfen. Bleibe beharrlich in deiner spirituellen Praxis.«

Während der Meister sprach, lag in seinem auf Dechen gerichteten Blick eine ruhige Kraft, von der eine große Güte ausging, die fast körperlich wahrnehmbar war. Er fügte hinzu: »Lass dir Zeit. Meditiere über diese Gedanken und komme morgen früh wieder zu mir.«

Dechen blieb, bevor er sich verabschiedete, noch einige Augenblicke sitzen, um die soeben vernommenen Worte und auch die Gegenwart des Weisen bewusst in sich aufzunehmen.

Er stieg ins Tal hinunter und setzte sich an den Rand des Baches. Das Wasser hüpfte rauschend über kleine Stufen zwischen grasbewachsenen Inselchen, die Schneekapuzen trugen, und umhüllte die bräunlichen Kiesel mit einem transparenten Schleier. Er sah, wie sich überall Leben entfaltete, manchmal scheinbar unbedeutend, manchmal den Schatten einer ungewissen Zukunft über sich: Bachstelzen, die schwanzwippend am Bachufer herumhüpften, geschäftige Insekten, die so schnell von den Fluten davongetragen oder von den unachtsamen Schritten der Menschen zertreten werden konnten. Hatte das Leben einen Sinn? Er hatte sich darüber nie irgendwelche größeren Gedanken gemacht. Im Dorf bestand das Leben darin, die Tiere zu versorgen, Holz zu sammeln und mit Gleichaltrigen durch die Gegend zu streifen. Wo lag der Sinn all dessen? Diese Fragestellung machte Dechen ratlos. Plötzlich ergriff ihn eine unerklärliche Traurigkeit. Was würde aus ihm werden? Würde er es verstehen, glücklich zu leben? Trotz all dieser Fragen, die ihn beunruhigten und nachdenklich stimmten, spürte er, dass die Worte des Meisters wie Samenkörner in seinem Geist keimen konnten und in ihm ein klares und umfassendes Verstehen heranreifte.

Am nächsten Tag unterrichtete ihn der Meister in derselben Weise, ohne sich eines Textes zu bedienen, unmittelbar aus der Quelle seiner Erfahrung schöpfend. Langsam wiederholte er drei Mal: »Das Leben der Wesen fließt wie ein Wasserfall in den Bergen.«

Er verharrte einen Moment in Schweigen, bevor er fortfuhr: »Lasse nicht zu, dass dein Dasein vergebens verrinnt. Das Leben ist kurz, ungewiss und voller Tücken. Es zieht an dir vorbei wie ein Bergbach, der zum Meer eilt, oder wie die Sonne und der Mond, die hinter den Bergen untergehen. Weiß irgendjemand, wie lange er leben wird? Es gibt keine Zeit zu verlieren. Der Tod kann die Jungen genauso ereilen wie die Alten. Du und ich – es ist gut möglich, dass wir noch heute Abend sterben. Der Tod ist uns allen sicher, nur seine Stunde ist unvorhersehbar. Was früher kommt – der Tod oder der morgige Tag –, weiß man nicht. Sei dir immer der Vergänglichkeit alles Lebendigen bewusst. Dies wird dich anspornen, beim Meditieren eifrig zu sein.«

So lautete die Belehrung dieses dritten Tages. Tokden Rinpoches Unterweisungen waren immer so geartet, dass jedermann zu ihnen Zugang fand. Ob er Bestimmtheit oder Sanftheit in seine Worte legte – immer erreichten sie durch ihre

Einfachheit und Tiefe die Herzen eines jeden Zuhörers, vom Hochgebildeten bis zum ganz Unwissenden.

Dechen kehrte an den Platz direkt am Fluss zurück, an dem er am Vortag gesessen hatte und den er gern mochte. Er betrachtete nun mit neuen Augen die sonnenbeschienene Landschaft und das Wasser, das rasch vorbeifloss, um niemals zurückzukehren. Er begriff, indem er es beobachtete, dass ein jeder dieser Augenblicke etwas darstellte, das nicht mit Gold zu bezahlen war. Sofort schien ihm das Leben unvergleichlich reicher geworden zu sein!

In den folgenden Tagen erläuterte Tokden Rinpoche Dechen die Gesetze des Karmas – wie jeder Gedanke, jedes Wort und jede Tat Konsequenzen hatte und Glück oder Leid erzeugte. Er erklärte ihm das Nichtverhaftetsein und die Entsagung: »Du sollst nicht auf das verzichten, was gut ist, sondern auf die Ursachen des Leids, die sich in unserem eigenen Geist verbergen: Hass, Unwissenheit, Gier, Stolz und Neid.«

Es war Dechen ganz klar, dass man nicht auf Kosten anderer, die leiden mussten, glücklich werden konnte. Tokden Rinpoche gab ihm deshalb Unterweisungen über das Mitgefühl, das für ihn eindeutig das Fundament einer jeden spirituellen Praxis darstellte: »Zeige dich gütig und großzügig; nichts anderes ist von Bedeutung. Was nicht vom Wohl anderer inspiriert ist, lohnt nicht, getan zu werden. Übe dich in Liebe und Mitgefühl. Diese Praxis birgt keine Gefahr und macht keine Umwege. Wenn jemand ins Wasser fällt und vom Strom des Flusses mitgerissen wird – wirst du ihm da nicht die Hand reichen oder wünschen, dass er sich an einem Ast festhalten könnte? Das *samsara,* der Daseinskreislauf, gleicht einem tosenden Fluss, der die Menschen von einem Leid zum anderen trägt und dessen Fluten von Unwissenheit und anderen Geistesgiften gespeist werden. Die ausgestreckten Hände sind die der Weisheit und der liebenden Güte, sie erlauben es den Opfern der unendlichen Widrigkeiten des Daseins, an das Ufer der Befreiung zu gelangen.«

Je länger sich Dechen in Tokden Rinpoches Gegenwart aufhielt, desto mehr fühlte er seine Bewunderung und Liebe für den Meister wachsen. Dieser war die lebendige Verkörperung dessen, was er lehrte. Seine Güte und Sanftheit entsprangen dem tiefsten Grund seines

Wesens. Die Worte Jamyangs klangen in Dechens Ohren nach: »Man hat niemals Lust, den Meister zu verlassen. Man möchte sich in ihm auflösen wie eine Schneeflocke, die in einen See fällt.«

In seiner Klause bemühte sich Dechen, so gut wie möglich zu meditieren. Er zweifelte niemals am Weg, manchmal jedoch an sich selbst und an seiner Fähigkeit, diesem Weg zu folgen. Es konnte vorkommen, dass ihn ein tiefes Gefühl der Mutlosigkeit überkam. Das Ziel war klar, nur würde er in der Lage sein, es zu erreichen? Er war manchmal den Tränen nahe, wollte seine Hütte am liebsten verlassen und war versucht, seine Vorsätze aufzugeben und ins Dorf zurückzukehren. Von heftigen Selbstzweifeln geplagt, fühlte er sich unwohl in seiner Haut. Doch auch die Zweifel waren nicht von Dauer. Wie Wolken, die vom Wind vertrieben werden, machten sie bald einer wohltuenden Gelassenheit Platz, die einem klaren Himmel glich, an dem die Sonne seiner geistigen Praxis hell leuchtete. Im Nachhinein erschienen ihm die Momente der Niedergeschlagenheit nur mehr als schlechte Erinnerungen, als Verzerrung der Wirklichkeit in einem Spiegel von Gedankengebilden. Seine vorübergehende Verwirrung angesichts der Größe der Aufgabe und der Langsamkeit seiner Fortschritte weckte in ihm bald eine wilde Entschlossenheit, ähnlich wie bei einem Kletterer, der mit doppelt so großem Eifer weitersteigt, wenn er die weite Strecke betrachtet, die er noch überwinden muss. Und so schätzte er umso mehr jeden einzelnen Augenblick.

Anfangs hatte er keine geringen Schwierigkeiten, seinen schweifenden Geist zu bezähmen. Seine Gedanken wanderten hierhin und dorthin und er führte imaginäre Gespräche mit seinen Freunden vom Dorf oder mit anderen Menschen, an die er mit gewisser Verstimmung zurückdachte. Vergeblich versuchte er, seine Gedanken zum Schweigen zu bringen – ihm schien sogar, dass es immer mehr wurden! Kaum glaubte er, es zuwege gebracht zu haben, schon tauchten sie mit Macht wieder auf, erzeugten ihre eigenen Trugbilder und wirbelten in seinem Geist herum wie die Wasser eines reißenden Wildbachs. Doch da er beharrlich übte, begann sein Geist mit der Zeit mehr und mehr einem breiten und friedlichen Fluss zu gleichen.

Dechen hatte inzwischen auch die anderen Eremiten kennen gelernt, die ihm eine väterliche Aufmerksamkeit zukommen ließen. Aufgrund seiner großen Jugend war er für sie wie ein Glücksbringer, den sie gern ein bisschen neckten, um ihn in seiner Praxis zu bestärken. Einer der Einsiedler, Lama Dorje, hatte ihn am Anfang ein wenig eingeschüchtert. Er hatte einen großen, struppigen Bart – eine Seltenheit bei den ansonsten bartlosen Bhutanern – und rollte jedes Mal, wenn er Dechen ansah, zornige große Augen. Doch dies war nur ein Spiel und gleich danach brach Lama Dorje in Lachen aus. Eines Tages zeigte er Dechen, um ihn zu amüsieren, wie man eine *abra* fangen konnte, eine hübsche, bräunliche Feldratte. Er blies kräftig in eines der Schlupflöcher zu den unterirdischen Gängen, die diese Tiere sich gruben, und wies Dechen an, den anderen Ausgang mit dem Ärmel seines Mantels zu versperren. Fast augenblicklich kam die *abra*, die vor dem warmen, nach Mensch riechenden Luftstoß flüchtete, Hals über Kopf in den weit offen stehenden Ärmel hineingeschossen. Einmal gefangen, ließ sie sich zunächst ohne Widerstand streicheln, dann aber grub sie ihre spitzen Zähne in Dechens Hand, worauf er ihr augenblicklich ihre Freiheit zurückgab. Lama Dorje erzählte ihm, dass die *abras* zahlreiche Verstecke gruben, wo sie Körner horteten, dass sie diese aber oft nicht mehr wiederfanden. Sie schauten nämlich zum Himmel, wenn sie die Körner in der Wiese vergruben, um sich zu erinnern, unter welcher Wolke sich ihr Versteck befand.

Die *abra* war die bevorzugte Beute des *dremong*, einer großen, schwarzen Bärenart. Ein Volksglaube besagte, dass der *dremong*, nachdem er eine *abra* gefangen hat, diese unter seinem Arm festhält. Zum Glück für das verängstigte Tier steckte der Bär, wenn er eine zweite *abra* zu fassen bekam, diese ebenfalls unter seinen Arm und ließ dabei die erste entwischen!

In der Einsiedelei lebten auch ein alter tibetischer Mönch, der vor dreißig Jahren aus Tibet hatte fliehen müssen, als die Chinesen in sein Land einmarschiert waren, und der fünfundzwanzigjährige Phuntsok, der vor kurzem vom Dach der Welt hierher geflüchtet war, mit nur einem Packen wertvoller Bücher als Gepäck. Zweimal war er zuvor der chinesischen Armee in die Hände gefallen, als er über die Grenze flüchten wollte, war gefoltert worden und hatte mehrere Monate in einem stinkenden Gefängnis geschmachtet. Eines Tages war es ihm endlich gelungen, die Grenzsoldaten zu täuschen und die verschneiten Pässe zu überqueren. Seither ging er bei der Schneepagode friedlich seinen Meditationsübungen nach.

Die Frau im Wald

Eines Morgens hörte Dechen, als er in dem Wald, der die südlichen Hänge des Bergtals bedeckte, spazieren ging, wie eine Frauenstimme eine Melodie sang, die von großer Reinheit war und im Schweigen der Wälder weithin schallte. Hingerissen blieb Dechen stehen, um sie besser hören und den Sinn der Worte vernehmen zu können:

Gedanken des Glücks oder Leids,
des Begehrens oder Widerstrebens
Sind nichts anderes als die leuchtende
Leere des Geistes. Ohne das
Auftauchende zu verändern,
Betrachte seine Natur:
Dies ist die große Glückseligkeit.

Von der Stimme geleitet, gelangte Dechen bald in Sichtweite einer kleinen Meditationshütte, die am Rand einer Lichtung stand.

Eine Frau mit gelassenen Gesichtszügen saß meditierend auf dem terrassenartigen Vorplatz.

Dechen, der sie in ihrer Versenkung zu stören fürchtete, blieb respektvoll in einigem Abstand stehen.

Die Frau forderte ihn durch eine Handbewegung auf, näher zu kommen, und empfing ihn mit einem strahlenden Lächeln. In ihrem leuchtenden Blick spiegelte sich eine Mischung aus Güte und der Gewissheit über die Belanglosigkeit der Dinge dieser Welt. Sie fragte Dechen, woher er käme und was er bis jetzt gemacht habe. Dann sagte sie nach einem kurzen Schweigen zu ihm: »Du bist jung, aber mit der Zeit wirst du verstehen, dass die Freuden und Verlockungen der Welt, mögen sie auf den ersten Blick auch anziehend wirken, häufig in ihr Gegenteil umschlagen. Hingegen sind die ersten Schritte auf dem spirituellen Pfad etwas mühsam, aber die Reise wird immer angenehmer, je weiter man vorankommt.«

Dechen zog sich taktvoll zurück, und während er sich von der Hütte entfernte, setzte der Gesang wieder ein.

Der Körper: unbeständig wie die
Frühlingsnebel.

Der Geist: immateriell wie der leere Raum.
Die Gedanken: flüchtig wie der Lufthauch im Raum.
Denke ohne Unterlass über diese drei Punkte nach.

Diese Frau und die Gelassenheit, die von ihr ausging, hatten Dechen tief beeindruckt. Sie hatte einen Pfad beschritten, der ganz anders war als der Weg anderer Dorfbewohnerinnen, welche dem drückenden Joch nie enden wollender Aufgaben unterworfen waren und häufig von ihren alkoholabhängigen Männern misshandelt wurden. Dies bewirkte in Dechens Verständnis eine noch stärkere Bewunderung für den geistigen Pfad, und als er zu den Klausen zurückgekehrt war, erkundigte er sich nach der Geschichte der in der Waldeinsamkeit lebenden Frau.

Lama Dorje erzählte ihm, sie sei aus dem Dorf Dumre gekommen, das zwei Tagesmärsche von der Schneepagode entfernt lag. Sonam Wangmo, »Kraft der geistigen Ernte«, war in ihrer Familie das älteste von sechs Kindern gewesen. Schon als Mädchen hatte sie sich um ihre kleinen Geschwister kümmern und die Hausarbeit besorgen müssen. Als sie sechzehn Jahre alt wurde, dachten ihre Eltern darüber anch, sie zu verheiraten. Damit wäre ein Mann mehr im Haus gewesen. (Manchmal ging die Jungvermählte fort zu ihrer neuen Familie, oft war es jedoch auch so, dass der junge Ehemann zur Familie seiner Frau zog.) Sonam Wangmo war sehr hübsch und es fehlte nicht an Bewerbern. An Sommerabenden zögerten manche nicht, über die Fenster des Dachbodens einzusteigen, um sie im Schlaf zu überraschen, ein Brauch, der bei den jungen Burschen in den bhutanischen Dörfern sehr beliebt war. Einige von ihnen gefielen Sonam Wangmo gut, doch der Anblick der zahnlosen Großmütter, die auf der Schwelle der Häuser saßen, und der ihrer eigenen Mutter, die unter der Plackerei und durch den Umgang mit Männern, die mit ihrem Dominanzgehabe das Leben der Gemeinschaft diktierten, vorzeitig gealtert war, hatten ihr wenig Lust gemacht, in die Fußstapfen ihrer Ahninnen zu treten.

Einmal war ein Lama durchs Dorf gekommen, begleitet von einigen Schülern, die alle zur Schneepagode unterwegs waren. Sonam Wangmo hatte nicht gewagt, sie anzusprechen, doch sie stand damals gemeinsam mit den anderen Kindern des Dorfes im Kreis um ihn herum und beobachtete ihn mit ehrfürchtiger Neugier, während ihre Eltern und mehrere Dorfbewohner ihm Tee und Essen anboten. Dann hatten alle den Segen des Lama erhalten und ihm ein langes Leben und eine gute Reise gewünscht. Die Erinnerung an diesen Besucher, der niemand anders als Tokden Rinpoche gewesen war, war im Geist des jungen Mädchens lebendig geblieben.

Ihr Onkel und ihre Tante hatten ihr von ihrem Aufenthalt in der Schneepagode erzählt, wo sie die Unterweisungen des Meisters empfangen hatten. Sie hatten ihr vom Leben dort oben erzählt, einem Dasein, das ihr weitaus vielversprechender vorkam als jenes, welches sie im Dorf erwartete. Nicht nur, dass sie der Knechtschaft des gewöhnlichen Lebens entkommen würde, nein, sie hätte auch die Möglichkeit zu einer tiefen inneren Entfaltung. Es war hoch angesehen, sein Leben der geistigen Versenkung zu widmen, und viele Frauen in Bhutan entschieden sich dafür, aber kaum jemand hatte erwartet, dass eine so schöne junge Frau wie Sonam Wangmo einen solchen Entschluss fassen würde. Doch eines Tages war es dann so weit: Als eine Gruppe Pilger sich anschickte, zur Schneepagode hinaufzusteigen, nutzte sie die Gelegenheit, um ihre Eltern um Erlaubnis zu bitten, dass sie diese begleiten dürfe. Ihr Wunsch wurde von allen gutgeheißen. Letztlich erwies sich diese Wanderung, die nur einige Tage hätte dauern sollen, als eine Reise ohne Wiederkehr.

Bei der Schneepagode angekommen, hatte sich Sonam Wangmo sofort wie zu Hause und außerordentlich wohl gefühlt. Sie empfand das befreiende Gefühl, einer ausweglosen Situation entronnen zu sein. Nachdem sie Tokden Rinpoche gesehen hatte, hatte sich ihr Herz noch stärker geöffnet. Die paar Worte, die er an diesem Tag gesprochen hatte, gingen ihr noch lange durch den Kopf, wie eine Melodie, die einem gefällt. Schnell stand ihr Entschluss fest: Sie würde nicht ins Dorf zurückkehren. Am Abend, bevor ihre Reisegefährten aufbrachen, teilte sie diesen mit, dass sie einige Zeit an der Seite des Meisters bleiben wolle. »Sagt meinen Eltern, sie sollen sich keine Sorgen machen. Alles wird gut.« Sobald die anderen fort waren, hatte sie eine wunderbare Leichtigkeit empfunden.

Tokden Rinpoche wurde für sie ein Vater und eine Mutter zugleich. Sonam Wangmo hegte eine tiefe Liebe zu ihren Eltern, aber diese konnten, so wohlwollend sie auch sein mochten, ihrem Kind nicht die Weisheit bieten, die sie bei ihrem Meister fand.

Die junge Frau war einige Monate in der Nähe des Weisen geblieben, in denen sie seine Unterweisungen erhielt, dann war sie auf seinen Rat hin in die kleine Meditationshütte im Wald gezogen. Nun waren es bereits fünf Jahre, dass sie dort lebte. Von Zeit zu Zeit hatten ihre Eltern und einige ihrer Geschwister sie besucht, beladen mit Vorräten und einem mit dickem Lammfell gefütterten Umhang, mit dem sie den Härten des Winters trotzen konnte. Sie waren einige Tage geblieben, hocherfreut, das junge Mädchen so aufgeblüht zu sehen, dann waren sie beruhigt wieder aufgebrochen und bewunderten im Stillen ihre Stärke und ihre Entscheidung.

Lama Dorje hatte diese Geschichte erzählt, ohne sich ein einziges Mal zu unterbrechen. Nachdenklich saßen der alte Einsiedler und der Junge eine Weile da und meditierten über das Schicksal all dieser Lebewesen, die von den Fluten des Lebens Tag für Tag mitgerissen werden wie Zapfen von der Strömung eines Flusses, und sie ermaßen das Glück jener, denen ein günstiges

Schicksal und die nötige Entschlossenheit es erlaubt hatten, ihre tiefsten Wünsche zu erfüllen. Dechen wurde aus seinen Träumereien gerissen, als der Türvorhang zur Seite geschoben wurde. Jamyang teilte ihm mit, dass Tokden Rinpoche ihn sehen wolle.

Die Nacht war angebrochen. Schwach erleuchtete ein Öllämpchen das Gesicht des Meisters. Vor dessen Tisch glomm ein kleines Kohlenfeuer in einem gusseisernen Becken. Tokden Rinpoche wandte sich mit einem Zitat eines Weisen aus alter Zeit an Dechen:

»Man kann Butter aus Milch herstellen, weil die Milch bereits Sahne enthält, aber niemand war jemals fähig, Butter aus Wasser zu erzeugen. Der Goldwäscher sucht Gold im Gestein, aber nicht in den Wäldern. Genauso ist es mit der Buddhaschaft: Das Bemühen, sie zu erreichen, hat nur deshalb Sinn, weil die Buddhanatur allen Wesen bereits innewohnt. Ohne diese Natur wäre jede Anstrengung vergebens.«

Er fuhr fort: »Doch es genügt nicht, dass wir uns des Potenzials, das wir alle besitzen, bewusst werden, wir müssen es auch zur Entfaltung bringen. Nur die Hitze eines begeisterten Entschlossenseins kann bewirken, dass die harte Kruste schmilzt, die unser Sein umgibt, und das Gold der Buddhaschaft in vollem Glanz erstrahlen kann. Dieses eifrige Bemühen muss beständig durch das Vertrauen in die Weisheit des Meisters und die Gewissheit, dass der Schüler von seinem Mitgefühl getragen wird, genährt werden.«

Dann, nachdem der Meister eine kleine Weile geschwiegen hatte, lächelte er Dechen zu und sprach zu ihm:

»Du lebst jetzt schon über ein Jahr an meiner Seite. Trotz deiner Jugend hast du Tatkraft und Beharrlichkeit in deinem Wunsch, das Dharma zu praktizieren, bewiesen. Du hast Vertrauen zu deinem Meister und zu den Lehren Buddhas. Ich denke, dass für dich die Zeit gekommen ist, in die Berge zu gehen und dort in völliger Abgeschiedenheit zu meditieren. Was würdest du davon halten, dich nach Neuring zu begeben, in die Höhle der »Königin des Meers der Weisheit« unweit der beiden heiligen Seen, des Weißen und des Schwarzen Sees? Du würdest dort oben so lange Zeit bleiben, wie für dich nötig ist, damit deine Praxis Fortschritte macht. Ich würde für alles sorgen, was du brauchst. Erinnere dich an die Worte Buddhas: ›Ich habe dir den Pfad des

Erwachens aufgezeigt. An dir ist es, ihn zu beschreiten.‹«

Dechen nickte voller Freude. Er war sich bewusst, wie bedeutsam dieser Augenblick war, und fühlte angesichts des Abenteuers, das ihn erwartete, ein Gemisch aus freudiger Erregung und feierlichem Ernst. Er war wie ein Seemann, der zum ersten Mal allein in See sticht – Herr seines Schiffs, ganz auf sich selbst gestellt, ob bei Windstille oder im Sturm. Er empfand übergroße Dankbarkeit gegenüber dem Meister, der ihn bis an dieses Ufer geführt hatte und dessen Lehren und Segenssprüche ihn weiterhin bei der ganzen Überfahrt geleiten würden.

Als Dechen sich an diesem Abend verabschiedete, legte Tokden Rinpoche ihm lange Zeit die Hände auf den Kopf und betete darum, dass der Junge auf kein äußeres oder inneres Hindernis treffen möge und die Frucht seiner spirituellen Praxis kosten dürfte. Voller Vertrauen in seinen Meister schlief Dechen ein, während er sich die Seen und den unermesslich weiten Raum dort oben vorstellte.

Als er am nächsten Morgen erwachte, war er erfüllt von einer neuen Energie und einem Gefühl der Leichtigkeit, dass er Lust hatte, zu singen, zu springen und davonzufliegen. Es wurde verabredet, dass Jamyang, Lama Dorje und zwei andere Eremiten ihn bis zur Neuring-Höhle begleiten würden, um die Vorräte hinaufzuschaffen und ihm zu helfen, sich dort einzurichten. Man musste Vorkehrungen für die Wintermonate treffen, während derer Dechen durch den Schnee vom Rest der Welt abgeschnitten sein würde. Sein Aufbruch wurde für die folgende Woche festgesetzt, und zwar für den zehnten Tag des fünften Mondmonats, nach der alljährlichen Feier der Geburt Padmasambhavas.

Anlässlich dieser Zeremonie, die von Tokden Rinpoche geleitet wurde, versammelten sich alle Eremiten des Tals – ausgenommen jene, die das Gelübde getan hatten, ihre Klausen niemals zu verlassen –, um ein großartiges Opferritual zu zelebrieren, das einen ganzen Tag dauerte und von gesungenen Meditationen und Mantrarezitationen punktiert wurde. Unter ihnen waren Einsiedler und Einsiedlerinnen, die Dechen noch nicht kannte; sie waren von ihren Eremitagen herabgestiegen, die sich eng an die Ausläufer der Schneepagode schmiegten. Sonam Wangmo, die große Meditierende aus den Wäldern, kam ebenfalls und bestärkte Dechen, gab ihm Ratschläge und ermutigte ihn. Es war ein schönes und fröhliches Fest. Großzügige Speise- und Blumenopfer, Weihrauch und mit Safran parfümiertes Wasser waren vor den Altar gestellt worden. Die Gesänge, in denen sich die tiefen Stimmen der Männer und die hohen und melodiösen der Frauen vereinten, reihten sich den ganzen Tag hindurch einer an den anderen. Die starke spirituelle Verbindung, die von dem Meister und seinen Schülern ausstrahlte, verstärkte Dechens Vertrauen und seine innere Kraft: Mehr denn je spürte er in sich den Mut, seine einsame Meditationszeit in den Bergen zu beginnen. Er wusste sein Glück, einen spirituellen Meister von einer solchen Qualität gefunden zu haben und auch Gefährten auf dem Weg, zutiefst zu schätzen.

Dechen packte seine paar Sachen zu einem großen Bündel zusammen. Direkt vor seinem Aufbruch ging er zu Tokden Rinpoche, um ihm einen Zeremonialschal aus weißer Seide zu schenken, und erhielt ein letztes Mal den Segen des Meisters. Dieser gab ihm einen schönen wollenen Umhang, den er über mehrere Monate getragen hatte. Wenn Dechen sich in seiner Felsenhöhle darin einhüllte, würde er auf diese Weise die Gegenwart seines Meisters spüren. Was die Eremiten betraf, so schenkten sie Dechen kleine Dinge zum Essen und begleiteten ihre Gaben mit Gebeten und guten Wünschen für sein Einsiedlerleben. Dann machten Dechen und seine vier Freunde sich auf den Weg.

Die Morgensonne beschien den steil ansteigenden Pfad, den sie innerhalb einiger Stunden erklommen. Dann überquerten sie die Hochplateaus und langten schließlich bei den zwei Seen an. Etwas oberhalb des Weißen Sees, der inmitten eines Geröllfelds lag, öffnete sich die Grotte, in der Yeshe Tsogyal, »Königin vom Meer der Weisheit«, die spirituelle Gefährtin Padmasambhavas, lange Zeit in Askese gelebt und sich ganz der Meditation hingegeben hatte. Beim Anblick der Felshöhle musste Dechen an das Gedicht eines Meisters alter Zeiten denken, das Jamyang für ihn abgeschrieben hatte:

Sehnst du dich nach der Einsamkeit der
Berge,
So öffnen sich am Steilhang einladende
Grotten
Unter in Dunst gehüllten Gipfeln.

An diesen abgeschiedenen Orten zu
wohnen,
Ist eine Quelle unaussprechlicher Freude,
vergänglich und absolut zugleich.

Die Pilger setzten ihre Lasten am Eingang der Felshöhle ab und zündeten ein Holzfeuer an, um Tee zuzubereiten. Nachdem sie sich gestärkt hatten, gingen sie schließlich daran, die Höhle, die seit langer Zeit nicht bewohnt gewesen war, herzurichten. Sie bauten mit flachen Steinen die eingestürzte Mauer wieder auf, die den Eingang zu ihr verschlossen hatte, wobei sie eine kleine Fensteröffnung und eine niedrige Tür aussparten, vor der sie einen schweren Stoffbehang anbrachten. Dann sammelten sie eine große Menge Brennholz und stapelten es in einer Nachbarhöhle auf. Schließlich war es so weit, dass sie Dechen unter letzten Segenswünschen für seinen spirituellen Fortschritt verließen. Doch sie wussten, dass der Junge die Geisteskraft besaß, wie sie ein guter Einsiedler in der Einsamkeit brauchte, und waren nicht sonderlich besorgt um ihn.

Einsiedlerleben in der Grotte

Nach ihrem Weggang wusste Dechen zunächst einmal nicht, wie er sich vor Freude fassen sollte. Voller Entzücken betrachtete er seine kleine Grotte und die Landschaft um ihn herum, deren Unermesslichkeit ihm das Herz weitete. Von nun an war er allein – allein mit seiner spirituellen Praxis und den Tagen und Monaten, die vor ihm lagen wie ein fruchtbares Feld vor dem Bauern. Die Gegenwart seines Meisters würde jeden Augenblick nähren, ohne dass sich irgendwelche anderen Gedanken in seinem Geist Raum verschaffen würden.

Er richtete sich einen kleinen Platz in einem Winkel der Höhle her, indem er Steine und herumliegende Äste beiseite räumte. Dann breitete er trockenes Gras aus, auf dem er seinen Filzteppich und Tokden Rinpoches Umhang niederlegte. In einer Nische des Felsens stellte er eine kleine Padmasambhava-Figur auf, die Lama Dorje ihm gegeben hatte, und ordnete einige Opfergaben um sie herum an.

Dann setzte er sich mit geradem Oberkörper hin und sprach das folgende Gelöbnis: »So, wie mein Meister es mir geraten hat, werde ich in meiner Praxis immer fortfahren, bis meditative Erfahrungen und eine tiefe und dauerhafte Einsicht in mir entstehen. Ich werde keinen anderen Gefährten als die Einsamkeit haben und meine einzigen Gedanken werden den Lehren meines Meisters gelten.«

Seine geistige Haltung war die eines Handwerkers, der sich anschickt, sein Meisterstück zu fertigen. Es war früher Nachmittag, im Spätsommer. Die Sonne tauchte den Eingang der Höhle in ihr Licht und erwärmte die Felsplatten. Dechen setzte sich draußen vor seiner neuen Bleibe auf den Boden und kostete die Fülle des Augenblicks. Er gelobte aus tiefstem Herzen: »Möge ich in diesem wie in meinen künftigen Leben immer weiter auf dem Pfad der Erleuchtung voranschreiten und selbst die allerkleinsten Anteile in mir sich dem Wohl aller Wesen widmen.« Dann fuhr er mit einem Gebet fort:

Wenn ich bei guter Gesundheit bleibe,
werde ich meine Kräfte dazu verwenden,
mich der spirituellen Praxis hinzugeben.

Wenn ich krank werde,
werde ich meine Schmerzen dazu verwenden, mein Mitgefühl für jene, die leiden, zu steigern.
Wenn ich lange lebe,
werde ich jeden Augenblick nutzen, um zum Wohl anderer und zu meinem eigenen Wohl beizutragen.
Wenn mein Leben zu Ende geht,
werde ich den Augenblick des Todes auf beste Weise leben, um eine Wiedergeburt zu erlangen, die meine Suche nach Erleuchtung begünstigen wird.

Gleich am ersten Abend begann er mit seiner spirituellen Arbeit in der Zurückgezogenheit.

Tag für Tag vertiefte er sich nun immer weiter in die Meditationspraxis. Zunächst meditierte er jeden Tag einige Stunden und verlängerte dann nach und nach die Zeit, bis er vier lange Sitzungen durchführte: die eine vor dem Morgengrauen, die zweite am Morgen, die dritte am Nachmittag und die letzte nach Einbruch der Nacht.

Nach dem Aufwachen setzte er sich mit geradem Rücken hin, da eine ausgeglichene Haltung die Konzentration erleichterte und dem Trägwerden und auch der Erregtheit des Geistes entgegenwirkte – den beiden Hauptfehlern, die die Klarheit und Beständigkeit der Meditation beeinträchtigen. Er begann mit der Anrufung des Segens Tokden Rinpoches und der Meister seiner Übertragungslinie und erweckte in sich eine tiefe Verehrung, die ihm oft Tränen in die Augen trieb. Dann fachte er seinen Eifer an, indem er seine Gedanken auf die Vergänglichkeit aller Dinge, die Zerbrechlichkeit des Lebens und die Notwendigkeit, diesem einen Sinn zu geben, richtete. Es gab Milliarden von Wesen, doch wie viele von ihnen machten sich den Wert ihrer Existenz bewusst? Und wie viele von denen, die sich für den Pfad der meditativen Praxis entschieden, blieben beharrlich und erlangten die Befreiung? Letztere waren so selten wie Sterne in der Morgendämmerung.

Dechen empfand auch mit großer Deutlichkeit, wie verletzlich das Leben war, wodurch es umso wertvoller wurde. Er begriff, dass die gewöhnliche Welt nur vergängliche und begrenzte Befriedigungen bescherte und dass die Überwindung des Teufelskreises des *samsara* nicht einfach von allein eintreten würde. Man musste sich ihm entreißen und zu diesem Zweck dieselbe Zielstrebigkeit entwickeln wie ein Gefangener, der an nichts anderes dachte, als wie er fliehen könnte.

Um sein Ziel zu erreichen, erschien es ihm offensichtlich, dass es nicht reichte, einfach irgendetwas zu tun: Jede Handlung hatte Folgen und diese hingen von der Motivation und der Geisteshaltung ab, die sie ausgelöst hatten. Um eine beständige Wachsamkeit zu entwickeln, musste er sich in vollem Umfang bewusst machen, dass das Leiden aus unheilsamen Handlungen erwuchs und unweigerlich zunehmen würde, sobald man negativ handelte. Er musste klar zwischen positiven und negativen Handlungen unterscheiden, musste die Ersteren ausführen und sich vor den Letzteren hüten, wie unbedeutend auch immer sie sein mochten. Er war jetzt überzeugt, dass jede Tat, jedes Wort und jeder Gedanke, egal wie winzig, dem Wohl aller Wesen gewidmet sein musste.

Er nahm Zuflucht bei Buddha, bei seiner Lehre und bei der Gemeinschaft derer, die dem Pfad der Erleuchtung folgten. Er ließ aus dem tiefsten

Grund seines Wesens Mitgefühl und uneigennützige Liebe entstehen. Dann malte er sich oberhalb seines Kopfes Vajrasattva aus, den Buddha der Reinigung – leuchtend wie ein verschneiter Berg unter dem Licht von tausend Sonnen. Ein Nektar strömte von dessen Körper aus, reinigte Dechen von allen Befleckungen und zerteilte die Schleier seiner Unwissenheit. Danach machte Dechen den Buddhas der Vergangenheit, der Gegenwart und der Zukunft im Geiste alle Wunder der Welt zum Geschenk: Juwelen, Wälder und Berge oder Blumen und Heilpflanzen, die im Universum in großer Fülle verstreut waren. Er vereinigte seinen Geist mit dem des Meisters und blieb so lange wie nur möglich im vollkommenen Gleichmut dieser geistigen Einheit. Wenn er diese Übung abschloss, versäumte er nie, die wohltuenden Wirkungen seiner Meditation allen Wesen zu widmen.

Im Morgengrauen stärkte er sich mit *tsampa* oder gestoßenem Reis, den er mit heißem Tee anrührte.

Im Verlauf des Vormittags widmete er sich Mantrarezitationen sowie verschiedenartigen Visualisierungsübungen, bei denen er sich Gottheiten vorstellte, die verschiedene Aspekte der

Erleuchtung symbolisierten. Er lernte so, eine reine Sichtweise der Welt und der Wesen zu entwickeln. Jede Form wurde zur Gottheit, jedes Geräusch zum Klang eines Mantras und jeder Gedanke zu einer Widerspiegelung der Weisheit. Nachdem er ein einfaches Mittagessen eingenommen hatte, las er die Lebensbeschreibungen von Meistern der Vergangenheit oder Unterweisungen, die ihn inspirierten.

Am Nachmittag versenkte er sich in die Natur des Geistes, das heißt die erleuchtete Präsenz, klar und strahlend, die sich offenbarte, sobald die Projektionsfläche der Gedanken im Himmel der Einfachheit verschwand. Schließlich sprach Dechen bei Anbruch des Abends zahlreiche Gebete zum Wohl aller Wesen. Danach schlief er ein, wobei er erneut seinen Geist mit dem des Meisters vereinte.

Dechen war voller Vertrauen, dass sich, wenn er mit Beharrlichkeit Tag für Tag übte, die geistigen Qualitäten in ihm entwickeln würden – so wie sich der Honig in einem Bienestock ansammelte, je öfter die Biene von Blume zu Blume flog und Nektar saugte. In dieser Gewissheit praktizierte er den ganzen Sommer. Die Tatsache, dass die große *yogini* Yeshe Tsogyal an diesem Ort meditiert hatte, war für ihn eine tiefe Quelle der Inspiration. Es wurde gesagt, dass man an Orten, die durch die Präsenz eines Meisters der Vergangenheit gesegnet seien, in einem einzigen Monat der Meditation so große Fortschritte machen konnte wie an einem anderen Ort innerhalb eines ganzen Jahres. Hier war kein einziger Augenblick alltäglich. Auch außerhalb der Meditationszeiten, während der Ruhepausen, Mahlzeiten oder bei jeder anderen einfachen Tätigkeit, der sich Dechen widmete, war die Inspiration dieses Ortes wie eine unsichtbare Gegenwart spürbar. Dieses Gefühl wurde durch die greifbaren Spuren des ehemaligen Aufenthalts der Heiligen noch verstärkt: die steinerne Herdmulde, in welcher sie ihr Feuer entzündet hatte, die karg eingerichtete Nische, wo sie gesessen hatte, und selbst durch das Mäuerchen, das die Höhle verschloss.

Dechen gefiel die Umgebung sehr. Manchmal ging er aus der Höhle hinaus und setzte sich auf einen breiten Felsen oberhalb des Weißen Sees, um ein wenig Sonne zu tanken. Nördlich der Grotte stürzte ein steiler Geröllhang zum See ab. Im Osten erstreckten sich gestaffelte Bergketten, deren fernste Gipfel mit dem tiefen Blau des

Himmels verschmolzen. Südlich vor ihm ging das Schotterfeld in einen begrasten Hang über, der mit blühenden Rhododendren übersät war. Von Zeit zu Zeit brachten ihm der Gesang eines Schneefinken, die Schreie eines Dohlenpaars oder der Pfiff eines Murmeltiers die absolute Stille noch stärker zu Bewusstsein.

Eines Tages betrachtete Dechen über längere Zeit einen Schmetterling, der sich auf einer Blüte niedergelassen hatte, die im Windhauch leicht schaukelte. Dieser sog Nektar, dann flog er einen Augenblick später ohne erkenntlichen Grund plötzlich davon, flatterte hierhin und dorthin, bis er schließlich wieder zu dem orangefarbenen Blütenstempel zurückkehrte und dort seine schönen blauen Flügel ausbreitete. Dieses Hin und Her, das sich mehrmals wiederholte, ließ Dechen an Tokden Rinpoches Anleitung denken, wie er seinen Geist stabilisieren könne: »Beginne damit, das Hin und Her deines Atems zu beobachten. Nach zehn Atemzügen wird sich dein Geist etwas beruhigt haben. Richte deine Aufmerksamkeit nun auf ein Objekt in der Außenwelt, zum Beispiel ein Buddhabild, oder halte deinen Geist auf sich selbst zentriert. Wenn du bemerkst, dass du durch neue Gedanken abgelenkt wirst, so kehre zum Gegenstand deiner Vergegenwärtigung zurück wie ein Schmetterling zur Blume. Wenn deine Konzentration nachlässt und dein Geist müde wird, so lasse ihn ganz einfach in seinem natürlichen Zustand ausruhen, indem du diese Haltung innerer Freiheit aufrechterhältst. Dabei solltest du das Entstehen von Gedanken weder fördern noch versuchen, sie zu unterdrücken. Betrachte die Natur des Geistes. Besitzt er eine Form, eine Farbe, einen Ort, wo man ihn lokalisieren kann? Du wirst nichts finden. Bleibe ruhig und entspannt und verweile bei diesem ›Unauffindbaren‹. Lasse die Gedanken, so wie sie sich bilden, sich auch wieder auflösen – wie ein mit dem Finger auf die Wasseroberfläche gezeichnetes Bild. Kultiviere ein starkes Gefühl der liebevollen Zuwendung und des bedingungslosen Mitgefühls mit allen Lebewesen in dir und lasse es deinen ganzen Geist in Besitz nehmen. Weihe am Ende das Heilsame dieser Meditation dem Wohl aller Wesen. So wird dein Geist im Laufe der Tage und der Monate nach und nach klarer und ruhiger werden. Er wird nicht mehr wie früher von den Wogen negativer Gedanken, die deinen inneren

Frieden unterhöhlen, fortgetragen werden. Er wird frei werden vom Strom der Gedanken, von denen wir uns ohnmächtig zu Gier, Hass und Leid verleiten lassen.«

Auf diese Weise lernte Dechen, an seinem Geist zu arbeiten, so wie man seinen Körper trainiert, damit er geschmeidig wird, oder den Ackerboden bereitet, bevor man ihn bestellt. Einige Monate verstrichen, erfüllt vom Frieden der geistigen Praxis.

Dann fiel der erste Schnee. Dechen stellte sich darauf ein, bald von der Welt abgeschnitten zu sein. Während im Sommer vereinzelt einmal Pilger bis zur Höhle aufstiegen, um der heiligen Stätte der Yeshe Tsogyal die Ehre zu erweisen, konnte im Winter kein Mensch dorthin gelangen.

Es würde sehr kalt werden, doch die Höhle war durch den massiven Fels gut geschützt und ihre räumliche Ausdehnung so gering, dass sich die Luft schon erwärmte, wenn Dechen nur Teewasser siedete.

Eines Morgens, als Dechen mit halb geschlossenen Augen in seine Meditation versunken dasaß, hatte er plötzlich das Gefühl, dass irgendetwas nicht in Ordnung war – vermutlich hatte er unbewusst ein Geräusch wahrgenommen. Er hob den Türvorhang und trat ins Freie. Etwa fünfzig Meter von ihm entfernt sah er an der Quelle, die niemals, noch nicht einmal im tiefsten Winter, zufror, einen Schneeleoparden trinken, der von seinen beiden im Frühjahr geborenen Jungen begleitet war. Er hatte Dechen nicht gesehen, der absolut regungslos dastand und ihn wachsam und fasziniert beobachtete. Diese scheue und seltene Raubkatze mied den Menschen und war vor allem nachts aktiv. Obwohl Dechen niemals von Zwischenfällen gehört hatte, fühlte er sich nicht sonderlich beruhigt.

Nach etwa zehn Minuten machten sich die Mutter und ihre Jungen davon. Als sie schließlich am gegenüberliegenden Hang auf der anderen Seite des Sees angelangt waren, konnte Dechen der Lust nicht widerstehen, seine Anwesenheit zu offenbaren. Er rief: »Oheeeee!« Die drei Köpfe fuhren herum und die Tiere erstarrten, den Blick auf die Grotte geheftet. Nach einer Zeitspanne, die Dechen eine halbe Ewigkeit zu dauern schien, setzte sich die Mutter wieder in Bewegung und verschwand mit ihren Kleinen, als ob nichts gewesen wäre.

Diese Begegnung erinnerte Dechen an eine Geschichte, die ihm Lama Dorje erzählt hatte. Ein großer Meister namens Jamyang Khyentse Wangpo war aus Tibet gekommen, um in der Grotte der Yeshe Tsogyal zu meditieren. Er wurde von einem Schüler begleitet und sie verbrachten den Winter beide in der Höhle, wo sie eingeschneit waren. Eines Tages sagte der Lama plötzlich zum Schüler: »Versteck dich hinter mir und beweg dich unter keinen Umständen.« Daraufhin hüllte er sich in seinen weiten braunen Umhang und versetzte sich, während er aufrecht in Meditationshaltung dasaß, sogleich mit weit geöffneten Augen in tiefe Konzentration. Der Schüler kauerte hinter seinem Meister, er war von dessen Umhang praktisch vollständig verdeckt. Vom Eingang der Höhle her war ein Geräusch zu vernehmen und ein Tiger erschien – im Winter an diesem Ort ein unbegreifliches Ereignis. Er blieb vor dem Lama stehen und sah ihn an, wobei er grollte und sein Schwanz nervös hin und her zuckte. Unbeirrt meditierte der Weise mit edlem und unergründlichem Ausdruck weiter. Nach einem Augenblick, der dem Schüler ein Jahrhundert zu dauern schien, stieß der Tiger mit weit aufgerissenem Maul ein kraftvolles

Fauchen aus, wonach er sich umdrehte und abzog. »Du kannst hervorkommen«, verkündete der Meister, »es kann nichts mehr passieren.« Später erklärte er seinem Schüler, dass es sich nicht um einen gewöhnlichen Tiger, sondern um eine Manifestation der Schutzgöttin des heiligen Ortes gehandelt habe, die gekommen sei, um den großen Lama auf ihre Art zu ehren und ihn gleichzeitig auf die Probe zu stellen.

Dechen fragte sich, wie er reagieren würde, wenn er mit einer solchen Situation konfrontiert wäre. Wer weiß, vielleicht stattete ihm eines Tages ein Tiger einen Besuch ab? In Bhutan hatte man diese Raubkatzen schon in Höhen über viertausend Meter, also fast so hoch wie Neuring, herumstreifen sehen.

Dechens Meditationspraxis machte Fortschritte. Die Abgeschiedenheit, die durch den Schnee noch verstärkt wurde, steigerte seine Konzentration und Hingabe. Frei von den Sorgen der gewöhnlichen Welt, hatte er keinen anderen Gedanken als seine Praxis. Es kam vor, dass er über lange Zeit in die Natur des Geistes vertieft blieb. Manchmal erfrischte er seine Vorstellungskraft, indem er einige von großen Meistern der Kontemplation hinterlassene Ratschläge und Erleuchtungsgesänge rezitierte, wie zum Beispiel den folgenden:

Das Strahlen des erleuchteten Bewusstseins
ist – frei von Gedankenkonstrukten –
direkt, jenseits des Intellekts, erfahrbar.
Möge ich mich hüten, den Himmel mit der
Wurfschlinge des forschenden Geistes
festzuhalten,
und mich darin auszeichnen, spontan im
natürlichen Zustand zu verweilen!

Andere Male wieder durchströmte seinen Geist eine ruhige und mächtige Ergebenheit gegenüber seinem Meister – ein Gefühl, das ihn mit Wärme und Glückseligkeit erfüllte. Wie einer dieser Weisen schrieb:

Strahlt die Sonne der glühenden Ergebenheit
über den verschneiten Gipfeln der vier
Körper des Meisters,
so lässt sie den Wildbach der Segnungen
hervorquellen: Darum erzeuge in dir
einen flammenden Glauben.

Immer wieder ließ Dechen seinen begrenzten Geist im umfassenden Erleuchtungsgeist seines Meisters aufgehen und ruhte voll heiterer Gelassenheit in dieser Vereinigung. In gewissen Momenten war die Gegenwart seines Meisters so lebendig, dass Tränen der Freude und Dankbarkeit aus seinen Augen sprangen.

Schließlich kam der Frühling zurück. Der Schnee begann zu schmelzen, die Schneehühner wagten sich aus ihren Unterschlupfen und die Murmeltiere erwachten aus dem Winterschlaf. Hier und da sprossen Blumen aus dem aufgetauten Boden; die Natur atmete wieder.

Für Dechen kam die Zeit, sich einer weiteren Übung zu widmen, die ihm Tokden Rinpoche vermittelt hatte. Sie bestand darin, mittels der Meditation die Essenz der natürlichen Elemente zu erfassen. Er übte sich in einem ganzen Spektrum von Visualisierungen, während derer er sich bildlich vorstellte, die Elementarkraft der Wälder, Berge, Ozeane und des Himmels in sich aufzunehmen. Einen Monat lang lebte Dechen hauptsächlich von der Essenz der Blumen und Heilpflanzen, dann von der Essenz der Mineralien und schließlich von der Essenz des Himmels, die er wie etwas Nährendes mit dem Atem in sich aufnahm. Eigentümlicherweise nahm er dabei fast nicht ab. Im Gegenteil, er fühlte sich voller Energie und sein Geist war von großer Klarheit und Schärfe. Er erinnerte sich an das Gedicht eines Yogis früherer Zeiten:

So wie der Schneelöwe die Kälte der Berge
nicht fürchtet,
der Geier nicht vom Himmel fällt
und der Fisch niemals ertrinkt,
wird der Übende nicht hungers sterben.

Etwa im Juni erblickte er eines Nachmittags in der Ferne einen Mann, der auf die Höhle zusteuerte. Die Gestalt erschien ihm vertraut und als sie näher kam, erkannte Dechen in ihr Phuntsok, den jungen Mönch, der vor einigen Jahren aus Tibet geflohen war. Wieso suchte er ihn einfach so auf, wenn er doch wusste, dass Dechen sich zum Meditieren in die Abgeschiedenheit zurückgezogen hatte?

Phuntsok brachte einen Brief von Jamyang mit, in dem dieser mit kurzen Worten mitteilte, Tokden Rinpoche sei bei schlechter Gesundheit und er rate Dechen, zum Meister zurückzukehren.

Sorge überkam Dechen und er verspürte den tiefen Wunsch, seinen Meister wiederzusehen. Phuntsok kampierte an diesem Abend in einer benachbarten Höhle und sie vereinbarten, dass sie am nächsten Morgen gemeinsam zur Schneepagode absteigen würden. Weit vor dem Morgengrauen schloss Dechen seine Zurückgezogenheit mit einem Opferritual ab und sprach aus tiefstem Herzen Gebete, in denen er für Tokden Rinpoche und alle, die die Lehren Buddhas weitertragen, ein langes Leben erflehte. Dann packte er mit Phuntsoks Hilfe seine paar Habseligkeiten zusammen und sie machten sich auf den Weg. Genau im Moment, bevor die Grotte und der See aus ihrem Blickfeld verschwanden, wandte er sich noch einmal um, um sie ein letztes Mal zu betrachten, und fasste dabei den Wunsch, den Rest seines Lebens der spirituellen Praxis zu widmen.

Der Regenbogenkörper

Der Abstieg war schnell geschafft und die beiden Männer gelangten schon bald in Sichtweite des Tempels. Dechen traf nun seine Freunde wieder, die im Gemeinschaftsraum versammelt waren. Ihre Mienen waren ernst und sie sprachen mit gedämpfter Stimme. Vor einem Monat war Tokden Rinpoche erkrankt und sein Zustand hatte sich verschlechtert. Nachdem Dechen ihnen zugehört hatte, stieg er zum Tempel hinauf und gelangte in die Gegenwart seines Meisters. Als er sich vor ihm niederwarf, nahm er sofort das ausgemergelte Gesicht Tokden Rinpoches wahr. Dieser empfing Dechen jedoch mit einem großen Lächeln und gab ihm mit aller Herzlichkeit den Segen. Dechen erkundigte sich nach seiner Gesundheit. Der Rinpoche antwortete, er sei jetzt sehr alt und sein Körper in der Welt der Illusion werde bald dem Gesetz des Vergänglichen unterliegen. Darum habe er gedacht, dass es gut sei, wenn Dechen zurückkäme, um seine letzten Ratschläge zu erhalten. Er bat seinen Schüler, ihm Bericht über seine Zurückgezogenheit zu erstatten, und schien über das, was er hörte, zufrieden zu sein.

Dechen besuchte Tokden Rinpoche dann mehrmals täglich. Er blieb einfach in seiner Gegenwart und nahm an den wenigen Gesprächen teil, die geführt wurden; sie hatten fast alle die geistige Praxis zum Inhalt. Bei diesen Gelegenheiten gab der Rinpoche Dechen ausführliche Ratschläge und Anleitungen zu den Kontemplationsübungen, die er in Zukunft durchführen sollte.

Eines Nachmittags, als der Meister und der Schüler allein auf dem von der Sonne beschienenen Wiesenfleckchen saßen, das vor dem Tempel am Rand der Steilwand lag, zeichnete sich ein Regenbogen vor der düsteren Regenwand ab, welche die Talsohle einhüllte. »Sieh dir diesen Regenbogen gut an«, bemerkte Tokden Rinpoche. »Er ist mit seinen reichen und prächtigen Farben ganz gegenwärtig und doch kann man ihn nicht greifen. Er leuchtet im Raum, aber er unterscheidet sich nicht vom Raum. Er scheint aus sich selbst heraus zu bestehen, doch wenn hinter dir die Sonne zu scheinen aufhört, verschwindet er spurlos. In Wirklichkeit entsteht er aus der flüchtigen Vereinigung zahlreicher Ursachen und Bedingungen. Ebenso ist die Welt ein unendliches Netz von Beziehungen, die auf verschiedenartige Weise in Erscheinung treten. Dasselbe gilt für deinen Geist. Deine Gedanken erscheinen konkret und zwingend, aber wenn du sie näher untersuchst, so haben sie nicht mehr Konsistenz als dieser Regenbogen. Unseren Sinneswahrnehmungen anzuhaften ist genauso vergeblich, wie hinter dem Regenbogen herzulaufen, um sich einen Mantel daraus zu machen. Vergegenwärtige dir, dass alles, was du siehst, hörst, riechst, schmeckst oder fühlst, einem Regenbogen, dem Widerschein des Mondes auf dem Wasser oder einem Bild im Spiegel ähnlich ist. Die Buddhaschaft zu verwirklichen bedeutet das Erkennen der wahren Natur des Geistes, das Erwachen und das reine, vom Wunschdenken freie Bewusstsein. Die Natur des Geistes nicht zu erkennen bedeutet, in Unwissenheit zu verbleiben. Mein geliebter Schüler, mögest du so lange praktizieren, wie du lebst!«

Dechen hatte die Worte seines Meisters wie Nektartropfen in sich aufgenommen.

Tokden Rinpoche wurde von Tag zu Tag schwächer. Bald schon fiel ihm es ihm schwer aufzustehen. Alle Eremiten der Schneepagode hatten sich versammelt, um morgens und abends Rituale für ein langes Leben ihres Meisters durchzuführen. Eines Tages rief Tokden Rinpoche sie in den Tempel und gab ihnen eine Unterweisung.

»So wie die Tage und die Nächte enteilen, verrinnt auch das Leben unweigerlich. Ist es nicht ein Wunder, nach dem Schlaf lebend wieder aufzuwachen? Dieses Leben ist unbeständiger als eine Luftblase auf dem Wasser. Der Gedanke, dass man zuerst seine ganze derzeitige Arbeit beenden und sich danach dem Dharma zuwenden werde, ist kindisch. Man muss begreifen, dass es keine Zeit zu verlieren gilt, ganz so, als ob einen ein Pfeil ins Herz getroffen hätte. Andernfalls riskiert man, ziemlich schnell im Sumpf der Illusionen dieser Welt und der alltäglichen Betätigungen, die an Freude und Mühsal, an Verlust und Gewinn, an Lob und Tadel, an Berühmtheit und Namenlosigkeit geknüpft sind, zu versinken. Seid achtsam in eurer Praxis und bei jeder eurer Handlungen. Bleibt immer aufmerksam, ob ihr geht oder sitzt, esst oder schlaft. Ihr müsst auf die Ebene gelangen, die der große Milarepa so beschreibt:

Einst ängstigte mich der Tod – so ging ich
in die Berge.
Langes Meditieren über seine ungewisse
Stunde
ermöglichte mir, die unsterbliche Bastion
der unveränderlichen Leere zu erobern.
Heute habe ich meine Angst vor dem Tod
ganz überwunden!

Mehr als alles andere sollt ihr selbstlose Liebe und Mitgefühl kultivieren. Stellt euch in liebevollem Geist mit Gedanken und Taten in den Dienst der anderen. Ernährt euch insbesondere nicht vom Leben anderer. Jemand, der von Mitgefühl erfüllt ist, findet es ebenso furchtbar, Fleisch zu verzehren, wie es für eine Mutter wäre, das Fleisch ihres eigenen Kindes zu verschlingen. Wie könnte es gerecht sein, wehrlose und unschuldige Geschöpfe zu töten? Welcher Tätigkeit ihr auch immer nachgeht, widmet sie dem Wohl aller Wesen und bringt diesen, wenn eure Aufgabe schließlich beendet ist, die verdienstvollen Wirkungen, die ihr erworben habt, dar. So werden eure Handlungen für lange Zeit Wohltaten bewirken. Auf einen heißen Stein versprengt, verdampft ein Tropfen in wenigen Augenblicken, lässt man ihn jedoch in einen See fallen, so hat er jahrhundertelang Bestand. Sehr schnell kann es einem passieren, dass man einen Einblick in die absolute Natur des Geistes mit einer vollkommenen Verwirklichung verwechselt. Seid nicht ungedudig, lasst euch nicht von einigen wenigen meditativen Erfahrungen täuschen, meditiert einfach bis zu eurem letzten Atemzug. Vereint ständig euren Geist mit dem des Meisters und verharrt auf ganz natürliche Weise in der vollkommenen Einfachheit dieser Vereinigung. Dies ist die Essenz einer jeden geistigen Praxis und es ist das, was euch in die Lage versetzen wird, die wahre Natur des Geistes zu erkennen.«

Alle versammelten Schüler fühlten deutlich, dass sie hier die letzte Darlegung ihres Meisters erhielten. Jeder Augenblick war wie ein Körnchen reinen Goldes, das langsam in ihren Herzen schmolz. Als die Unterweisung beendet war, schwiegen sie einige Momente lang, dann gab ihnen Tokden Rinpoche ein Zeichen, zu gehen.

Langsam schritten sie einer nach dem anderen an ihm vorbei und empfingen mit tränenfeuchten Augen seinen Segen.

Die Eremiten baten ihn alle gemeinsam, dass er zum Wohl aller Wesen in dieser Welt bleiben möge. Tokden Rinpoche gab zur Antwort, bis zum zehnten, Padmasambhava geweihten Tag des Mondmonats werde er sicher noch da sein, aber darüber hinaus verspräche er nichts.

Die Schüler gingen mit Tränen in den Augen und auf dem Herzen gefalteten Händen respektvoll mit rückwärts gerichteten Schritten aus dem Raum. Sie beteten dabei, dass das Leben ihres Meisters verlängert werden möge oder dass sie ihm andernfalls in jedem ihrer künftigen Leben wieder begegnen würden, so lange, bis sie Erleuchtung erlangt hätten.

Am zehnten Tag des Monats bereitete man eine große Opferzeremonie vor. Tokden Rinpoche bat darum, sie im Gemeinschaftsraum bei den Eremitenklausen stattfinden zu lassen. Am Ende der Zeremonie sandten die Schüler Lama Dorje zum Meister, um ihm ein letztes Mal ihre Bitte, er möge am Leben bleiben, zu unterbreiten. Tokden Rinpoche nahm ihr Ersuchen lächelnd entgegen und schüttelte den Kopf, ohne etwas zu sagen.

Als der Abend anbrach, informierte Tokden Rinpoche seinen treuen Diener Tenzin, der ihm seit zwanzig Jahren zur Seite gestanden hatte, er wünsche allein zu bleiben und nicht mehr gestört zu werden. Tenzin ging und verschloss die Außentür – niemand sollte sie in den kommenden sieben Tagen öffnen. Tenzin half Tokden Rinpoche, sich hinzusetzen und sich in seinen großen Wollumhang zu hüllen, ohne dass er es gewagt hätte, Fragen zu stellen oder gegen eine Anweisung seines Meisters zu verstoßen. Dann zog er sich in gedrückter Stimmung mit kleinen Schritten zurück. Das Herz war ihm schwer. Bevor er die Schwelle überschritt, blickte er ein letztes Mal seinen Meister an, der trotz seiner Schwäche aufrecht im Lotossitz dasaß, die Augen weit geöffnet und in den Raum vor ihm gerichtet.

Tenzin schloss die Tür und klemmte den Schieber des hölzernen Riegels fest ein. Nachdem er noch einige Minuten allein in der sternenklaren Nacht zurückgeblieben war, stieg er im Bewusstsein der Bedeutung dieses Moments zu den Eremitagen hinab, um den Schülern die Anweisungen des Meisters mitzuteilen.

In diesen sieben Tagen teilten die Eremiten, Männer wie Frauen, ihre Zeit zwischen Meditationen und Opferritualen auf. Morgens und abends umwandelten sie, Gebete rezitierend, den Tempel, in dem Tokden Rinpoche in Meditation versunken war.

Was Dechen betraf, so saß er am häufigsten auf einem kleinen grasbewachsenen Felsvorsprung neben dem Tempel und führte die Meditation der »Vereinigung mit der Natur des spirituellen Meisters« durch. Nach fünf Tagen überkam ihn ein unwiderstehlicher Wunsch zu wissen, was mit seinem Meister geschah. Es wäre ihm keinen Augenblick lang in den Sinn gekommen, die Tür zu öffnen, doch als ringsum niemand zu sehen war, näherte er sich einem kleinen Fenster, von dem aus man durch einen Vorhangspalt ins Innere blicken konnte. Was er sah, ließ ihm den Mund offen stehen und versetzte ihn in größtes Erstaunen: Die Gestalt Tokden Rinpoches, der nach wie vor in Meditationshaltung saß, war von einem hellen Lichthof umgeben. Sein Körper schien zarter als sonst zu sein und zeichnete sich in dem Licht als Silhouette ab. Kleine, vielfarbige Lichtfunken tanzten wie Flämmchen auf seinen Kleidern. Nach einigen Sekunden, die Dechen wie eine Ewigkeit vorkamen, siegte die Angst, ertappt zu werden, und er kehrte rasch zu seinem Felsvorsprung zurück, um seine Meditation wieder aufzunehmen, verstört durch das, was er soeben gesehen hatte.

Er hütete sich, irgendjemandem davon zu erzählen. Er fürchtete, etwas Unrechtes getan zu haben, und außerdem wollte er dieses Bild auch wie einen kostbaren Schatz in seinem Herzen bewahren.

Als die sieben Tage vorbei waren, stiegen Tokden Rinpoches älteste Schüler und der treue Tenzin in geschlossener Reihe zum Tempel hinauf. Alle trugen Räucherstäbchen und weißseidene Gebetsschals in den Händen. Nicht ohne Zögern stießen sie den Riegel auf und traten in den Raum ein. Dechen blieb mit klopfendem Herzen in einigem Abstand stehen.

Tenzin und die Schüler blieben mit scheuer Faszination vor Tokden Rinpoches Lager stehen. Dort war nur mehr der große braune Wollumhang zu sehen. Er war leer, befand sich aber derart auf dem Bett, als umhülle er noch einen Körper. Lama Dorje trat heran und schlug die Zipfel des Umhangs behutsam auseinander. Im Inneren fand er nichts als die Haare und Fingernägel des Meisters: Dieser hatte seine körperliche Hülle in einem »Regenbogenkörper« verschwinden lassen, wozu nur die größten Heiligen der Vergangenheit fähig gewesen waren.

Dechen schlüpfte heimlich in das Zimmer. Ein feiner Duft lag dort in der Luft und es herrschte eine unbeschreibliche Atmosphäre des Friedens und der geistigen Verbundenheit. Das Erstaunen ließ keinen Platz für einen anderen Gedanken.

Später erklärte ihm Jamyang, dass nur Yogis, welche die »Große Vollendung« – also das wahre Verständnis der Natur des Geistes und der Welt der Phänomene – vollständig realisiert haben, den Regenbogenkörper erreichen können. Die Praktizierenden, die die Erfahrung der Vereinigung von Form und Leere gemacht hatten, wurden fähig, die grobstofflichen Elemente des Körpers – Erde, Wasser, Feuer, Wind und Äther – und die fünf Aggregate der Person – Körper, Gefühle, Wahrnehmungen, Geistesformationen und Bewusstsein – zu Lichtern in fünf Farben vergehen zu lassen, die den fünf Aspekten der Weisheit entsprachen: der Weisheit der wahren Wirklichkeit, der spiegelgleichen Weisheit, der alles gleich machenden Weisheit, der alle Dinge unterscheidenden Weisheit und der alles vollendenden Weisheit.

Die Neuigkeit verbreitete sich rasch in der Gemeinschaft der Eremiten. Einige Tage später erreichte sie die Dörfer in den Tälern und die Nomaden auf den Hochplateaus, sodass viele Gläubige zur Schneepagode strömten und zu Hunderten um den Tempel herum ihr Lager aufschlugen. Sieben Wochen lang wurden große Opferzeremonien zu Ehren des verstorbenen Meisters abgehalten.

Dechen nahm manchmal daran teil, doch lieber meditierte er in der Einsamkeit. Er verspürte ein tiefes Verlangen, in Zurückgezogenheit zu verweilen, um seine Praxis weiter zu vertiefen. Er wählte eine kleine Klause in der Nähe des Ortes, wo sein geliebter Meister als Regenbogenkörper diese Welt verlassen hatte.

Dort verweilte er ein Jahr im Frieden der Kontemplation.

Da ihm einige Stunden Schlaf reichten, wachte er gewöhnlich gegen drei Uhr morgens auf. Er rief seinen Meister mit einer solchen Hingabe an, dass Tränen seine Augen verschleierten. Der

Meister erschien ihm in diesen Momenten als so gegenwärtig, dass Dechen fast greifbar die Hand spürte, die sich so oft auf seinen Kopf gelegt hatte, und er sah wieder dessen strahlenden Blick, der ihn wie ein Lächeln mit Glückseligkeit und Vertrauen erfüllte. Mehrmals täglich erneuerte er sein Gelöbnis, seine Buddhanatur zu verwirklichen, um fähig zu werden, den Wesen wirklich zu helfen. Dann nahm er eine nach der anderen all die Meditationen wieder auf, die er in der Grotte von Neuring praktiziert hatte, um sie zu vertiefen und sie klarer und strahlender werden zu lassen.

Danach, als er seine Zurückgezogenheit beendet hatte, trat er eines frühen Morgens aus seiner Klause und betrachtete die vor ihm liegende Landschaft. Auf einmal wurde ihm bewusst, dass sich der Meister zwar nicht mehr in seinem Körper befand und in dem kleinen Tempel saß, doch dass er dafür von nun an überall war. Die verschneite Ebene erinnerte ihn an den Meister; die großen Bäume, deren Wipfel im Wind schwankten, erinnerten ihn an den Meister: Alles war der Meister in tausend verschiedenen Formen. Alle Klänge, das Wehen des Windes, das Murmeln des Baches, die Stimmen der Vögel ... In allem lag ein Widerhall der Stimme des Meisters. Sogar das tiefe Schweigen der Nacht war mit seiner Gegenwart gesättigt. Der Geist des Meisters leuchtete hinter jedem Gedanken, so wie das Licht es erlaubt, die Formen und Farben zu sehen.

Dechen fühlte sich von einer ruhigen und heiteren Kraft erfüllt. Ab jetzt würde der Meister immer mit ihm sein, wo er sich auch aufhielt und was auch geschehen möge. Er konnte weggehen – ohne Furcht, das aufzugeben, was in seinem Leben am meisten zählte, und ohne Angst, irgendetwas zu verlieren: Von nun an war das, was ihm das Liebste war, in seinem Herzen.

Er erfuhr dies als eine große Freude. Die ganze Welt spiegelte die Gegenwart des Meisters wider und das Universum ließ sich wie ein Buch lesen, das zahllose Lehren in sich vereinte und ihn mit einer jeden Seite beglückte. Er fühlte sich nicht mehr fremd in der Welt, er war zu jedem Ding zugehörig. Er erinnerte sich an das Bild des Perlennetzes, das den Palast des Gottes Indra bedeckte. In der indischen Mythologie war das ganze Universum in jeder dieser Perlen enthalten, ohne dass die Perle größer oder das Universum kleiner wurde.

Jetzt konnte er von den Bergen herabsteigen. Welchen Unterschied würde es machen, ob er hier war oder anderswo, da die Güte und Weisheit des Meisters überall gegenwärtig waren? Er würde sein neues Wissen mit den Menschen, die ihm nahe standen, und mit den Bewohnern seines Dorfes teilen können – und, wer weiß, vielleicht auch mit anderen.

Nur wie sollte er all dies offenbaren? Es musste wahrscheinlich durch die Kraft des Beispiels geschehen. Er empfand es als seine Aufgabe, nun seinerseits das Licht des Meisters erstrahlen zu lassen, das in ihm leuchtete, wie ein goldener Berg seinen Widerschein auf die Flügel der Vögel wirft, die ihn umkreisen.

So beschloss Dechen, nach Khorma zurückzukehren.

Rückkehr ins Dorf

Der Abstieg verlief zügig. Nach zwei Tagen gelangte Dechen bereits in Sichtweite seines Dorfes an. Er machte einige Augenblicke Halt, um die vertrauten Plätze seiner Kindheit und das Haus seiner Eltern aus der Ferne zu betrachten. Kinder spielten auf dem Weg und einige Bauern banden Heugarben. Als sie seine Umrisse bemerkten, fragten sie sich, wer dieser Pilger sein könnte, der da auf einem so selten benutzten Weg aus den Bergen im Norden herabgestiegen kam. Sein Gang kam ihnen irgendwie bekannt vor. Aber Dechen war jetzt ein junger Mann; er hatte sich stark verändert. Endlich erkannte ihn jemand und rief »Dechen!«, und sofort stiegen ihm mehrere Dorfbewohner entgegen. Die Stimmen trugen die Neuigkeit überallhin. Kaum war Dechen in der Nähe seines Elternhauses angelangt, da kam ihm schon seine Mutter entgegengelaufen, um ihn in die Arme zu schließen. Gleich darauf sah er sich von seinen Geschwistern umringt, die Freudenrufe ausstießen.

Im Haus ließ sich Dechen in der Ecke mit der Feuerstelle nieder, wo Großmutter Yangchen saß. Sie empfing ihn mit einem guten Tee, den er, dicht bei ihr sitzend, mit Genuss trank. Seine älteste Schwester bereitete das Abendessen zu. Bald kam sein Vater von den Feldern und die nun vollzählig versammelte Familie feierte das Wiedersehen.

In den folgenden Tagen erhielt Dechen zahlreiche Besuche und ging auch von Haus zu Haus, um seine Freunde und Verwandten zu besuchen. Alle äußerten ihre Freude, ihn wieder zu sehen, und ihre Bewunderung für das, was er in den drei Jahren, die er in der Schneepagode verbracht hatte, verwirklicht hatte. Dechen bemühte sich, seine Meditationspraxis fortzusetzen. Er wachte weit vor Sonnenaufgang auf und meditierte, während das ganze Haus noch schlief. Tagsüber verbrachte er einige Stunden meditierend vor dem Hausaltar. Den Rest der Zeit half er den Seinen bei der Feldarbeit.

Eines Tages, nach der Aussaat, baten ihn die Dorfbewohner, ihnen eine Unterweisung über die Praxis des Dharma zu erteilen. Dechen war nicht gebildet, doch er sprach aus dem Herzen heraus über das geistige Leben, wobei er sich an die Anleitungen, die er von Tokden Rinpoche erhalten hatte, anlehnte. Er gab ihnen auch einfache Empfehlungen zur Lebensgestaltung, die auf den Worten Buddhas beruhten.

»Hört zu! Die höchste Tugend ist, Meisterschaft über seinen Geist zu erlangen. Die höchste Eigenschaft ist die uneigennützige Liebe. Unweigerlich werden alle guten und schlechten Taten zur Reife gelangen. Haltet in eurem Geist ständig die Frage gegenwärtig: ›Was muss ich tun, um im Moment meines Todes keine Reue empfinden zu müssen?‹ Tun euch Freunde Unrecht, so lasst nicht zu, dass Groll euren Geist einnimmt. Geht nicht unachtsam mit euren alten Eltern um, dient ihnen respektvoll. Schlagt das Vieh und die Wachhunde nicht, seid gut zu ihnen. Das ganze Glück der Wesen entspringt ihren wohlwollenden Gedanken und ihr ganzes Unglück den eigensüchtigen Handlungen. Aus Liebe zu allen Wesen und ihrer Befreiung solltet ihr in der Tiefe eures Herzens den Wunsch nach Erleuchtung wecken.«

Dechen saß außerdem lange Stunden bei Großmutter Yangchen, die sehr schwächlich geworden war. Sie bat ihn oft, von der Schneepagode zu erzählen, und liebte vor allem die Geschichten über das Leben der Meister. Großmutter Yangchens gesundheitlicher Zustand verschlechterte sich zunehmend und Dechen verbrachte viel Zeit in ihrer Nähe. Er hielt ihre Hand, während sie zusammen plauderten. Als sie noch schwächer wurde, gewöhnte Dechen es sich an, sich einfach an ihrer Seite niederzulassen und so seine spirituellen Übungen still durchzuführen oder dabei seine Stimme zu dämpfen. Dechen gab ihr einige Ratschläge, um ihr zu helfen, heiter und gelassen aus dem Leben dahinzuscheiden, und begleitete sie zärtlich bis zu ihrem letzten Atemzug. Sobald Yangchen zu atmen aufgehört hatte, rief Dechen die Buddhas aller Richtungen des Raums an und stellte sich das Bewusstsein seiner Großmutter bildlich vor wie eine kleine Lichtkugel, die aus ihrem Herzen bis zum Scheitelpunkt ihres Kopfes aufstieg. Dort entwich ihr Bewusstsein durch die Fontanelle, um sich wie eine Sternschnuppe im Herzen Amitabhas, des Buddhas des grenzenlosen Lichtes, aufzulösen. Anschließend visualisierte Dechen, dass Yangchen im Reinen Land der großen Glückseligkeit wiedergeboren wurde, wo sie die Lehren Buddhas empfing und weiter zur Erleuchtung hin fortschritt.

Mönche vom *dzong* wurden zur Einäscherungszeremonie eingeladen, die in einiger Entfernung zum Dorf an einem Ort, der diesem Zweck vorbehalten war, stattfand. Die Familie richtete, wie es der Brauch war, ein Totenmahl unter freiem Himmel für alle Verwandten und Freunde aus, die aus der Umgebung herbeigekommen waren; insgesamt waren es an die hundert Gäste. Danach rezitierten drei Mönche während der neunundvierzig Tage, in denen das Bewusstsein im *bardo*, dem Zwischenzustand zwischen dem Tod und der Wiedergeburt umherirrt, Gebete im Familientempel und führten an jedem Freitag, dem Tag von Yangchens Tod, minutiös ausgearbeitete Opferrituale durch.

Drei Monate vergingen.

Das Leben im Dorf war durchaus nicht unangenehm und Dechen genoss die Gegenwart der Seinen. Er hatte jedoch nicht im Mindesten die Absicht, wieder ein Bauer zu werden oder eine Familie zu gründen. So beschloss er, sich auf Pilgerschaft zu den großen heiligen Stätten Bhutans zu machen, und gab den Eltern seinen Wunsch bekannt, auf Wanderschaft zu gehen und sein Eremitenleben wieder aufzunehmen.

Der umherziehende Barde

Mit einem kleinen Beutel Vorräten ausgestattet, machte Dechen sich auf den Weg zur Provinz Bumthang, die etwa zwei Wochen Fußmarsch vom Dorf entfernt lag. Sein Weg führte über mehrere hohe Pässe und durch riesige Schwarzkiefernwälder mit hundertjährigen Bäumen. Lange, blassgrüne Flechtenstränge hingen von den Ästen. Dies war, so sagte man, das zottige Haar Tausender von »Himmelstänzerinnen«, der *dakini,* die im Himmel der letztgültigen Wahrheit verkehrten. Manchmal überraschte Dechen einen kleinen Rotpanda, der an einen dicken Ast geklammert im Baum saß, oder einen Moschushirsch, der aufgescheucht das Weite suchte.

Eines Morgens war es so weit, dass er von der Spitze eines Hügels das weite Bumthang-Tal erblickte. Gerade als er seinen Blick auf ihm ruhen ließ, zeichnete die Sonne in dem leichten Sprühregen, der die dunklen Wäldchen einhüllte, einen Regenbogen. Hier und da wurden die rötlichen Flächen der Buchweizenfelder vom blassen Gold des Weizens abgelöst, der unter der leichten Brise wogte. Ein großes Kloster krönte eine mächtige felsige Erhebung. Weiter in der Ferne ließ sich am Rande der Ebene vor dem Wald die imposante weiße Erscheinung eines weiteren, noch majestätischeren Klosters erahnen. Dies war Kujey Lhakang, das »Heiligtum des Körperabdrucks«.

Um dorthin zu gelangen, musste Dechen zwei Stunden an einem breiten, klaren Fluss entlangwandern. Schließlich stieg er mit achtungsvollem Eifer die fast senkrechten Steintreppen empor, die zum größten Heiligtum des Landes führten. Tatsächlich befanden sich im hinteren Teil des Haupttempels eine Höhle und darin ein tief in den Felsen geprägter Körperabdruck. Es hieß, dass Padmasambhava, als er Bhutan im achten Jahrhundert besuchte, an diesem Ort meditiert und beim Anlehnen an den Felsen den Abdruck seines Rückens hinterlassen habe.

Dechen warf sich unzählige Male nieder, opferte ein gutes Hundert Butterlampen für die kleinen Spenden, die er während seiner Pilgerschaft gesammelt hatte, und blieb noch einen guten Teil des Tages im Tempel, um in dieser gesegneten Grotte zu meditieren. In den darauf folgenden Tagen erwies er den zahlreichen Tempeln und Kapellen, die überall im Tal verteilt waren, die Ehre. Dann setzte er seine Reise fort.

Mehrere Monate lang zog er von Heiligtum zu Heiligtum, von Einsiedelei zu Einsiedelei und machte bisweilen für Tage oder Wochen in einem Dorf Halt. Man erwies ihm Gastfreundschaft, er half bei der Feldarbeit mit oder rezitierte heilige Texte in den kleinen Familientempeln der Dorfbewohner. Mit seiner fröhlichen und gutmütigen Art war Dechen überall gern gesehen. Gegenüber älteren Menschen war er aufmerksam, er half ihnen, sich bei schönem Wetter vor den großen Heuschobern in die Sonne zu setzen, und brachte ihre ärmlichen Hütten etwas in Ordnung. Die Kinder mochten ihn und er erzählte ihnen alle möglichen Geschichten, wie zum Beispiel die vom König Tchika Radja, der vor zehn Jahrhunderten auf einer Flugmaschine, die wie eine riesige hölzerne Gans aussah, aus Tibet gekommen war. Das Luftschiff war mit einem lauten »Tang!« gelandet, viele Meilen im Umkreis hatte es jedermann gehört. Darum hieß die Gegend seither die »Tang-Ebene«. Nachdem er die Einwohner zum rechten Glauben bekehrt hatte, hatte der König seine Maschine repariert und war ins Land des Schnees zurückgekehrt. Manche Leute waren der Meinung, es habe sich bei ihm um Padmasambhava höchstpersönlich gehandelt.

Dechen trug das Haar immer noch lang wie in den Zeiten seiner Zurückgezogenheit und fasste es zu einem im Rücken hängenden Pferdeschwanz zusammen. Er trug das dunkelrote Leinengewand der Eremiten und um den Hals einen kleinen, rotgoldenen Amulettbehälter sowie seine *mala*, die Gebetsschnur aus polierten, vom Gebrauch schwärzlich gefärbten *bodhi*-Perlen. Er war von aufrechter Gestalt und den jungen Bäuerinnen machte es Spaß, sich ihm neckend zu nähern. Er war ihren Reizen gegenüber keineswegs gleichgültig, doch er hatte nicht die Absicht, sich irgendwo niederzulassen und zum Spielball menschlicher Leidenschaften zu werden.

Dechen besaß eine schöne Stimme mit reinem und melodischem Klang. Am Abend, wenn Zeit für Geselligkeit war, trug er geistige Gesänge vor, die er während seines Aufenthalts in der Schneepagode gelernt hatte. Die Familien versammelten sich nach und nach, um ihm zuzuhören, und die Schönheit seines Gesanges bewegte sie ebenso wie der tiefe Gehalt der Worte. Manchmal brachten die Leute am frühen Abend Tee und geröstete Reiskörner, die mit Butter und Zucker vermischt waren, und das ganze Dorf setzte sich im Hof eines Hauses oder auf einer blühenden Wiese im Kreis zusammen, um Dechen zu lauschen.

So wurde Dechen zu einem wandernden Barden, der mit seinen Gesängen die Liebe und die Weisheit Buddhas verbreitete. Manchmal verschwand er für einige Wochen in einer Klause, die er auf seinem Weg angetroffen hatte, und widmete sich der Kontemplation, solange sein Essensvorrat reichte.

Nach einigen Monaten des Umherziehens kam er in die Hauptstadt Thimphu, die zwanzigtausend Seelen zählte. Dechen hatte noch nie eine so große Stadt gesehen. Schöne, mit hohen, bemalten Holzverschalungen geschmückte weiße Steinhäuser säumten die Ufer eines Flusses mit glasklarem Wasser. Der majestätische Bau des *dzong*, einer riesigen befestigten Anlage, die gleichzeitig Kloster und königlicher Regierungssitz war, überragte weithin sichtbar die Landschaft.

Auf dem Marktplatz quollen die Stände vor Mangos und Ananas aus Indien über und es gab unzählige Dinge, deren Vielfalt Dechen erstaunte. Er stimmte einen Gesang an und bald umringte ihn eine kleine Menschenansammlung mit freundlicher Neugier. Wenn sie auch den Sinn seiner geistigen Lieder nicht immer verstanden, so waren doch alle von der ruhigen Ausgeglichenheit dieses Barden mit dem langen Haar beeindruckt, der so jung und doch offenbar so weise war. Manche gaben ihm einige zerknitterte Geldscheine zum Almosen, um ihm zu helfen, seine Pilgerschaft fortzusetzen. Danach machte er sich auf die Suche nach einem Cousin, von dem er eine ungefähre Adresse hatte, und fand ihn schließlich kurz vor Anbruch der Nacht. Er wurde mit der in Bhutan üblichen herzlichen Gastfreundlichkeit aufgenommen. Jeden Tag kehrte er auf den Marktplatz zurück, um dort zu singen. Dann plötzlich, als die Kunde von dem singenden Eremiten sich bereits zu verbreiten begann, war er nicht mehr aufzufinden. Er hatte sein Wanderleben wieder aufgenommen.

Überall in Bhutan genügte es, sich von den Siedlungen zu entfernen und sich in die höher gelegenen Regionen zu begeben, wo man eine Gemeinschaft von Eremiten, eine verlassene Klause oder eine einladende Felshöhle fand. Hier blieb Dechen, spontan seinen Eingebungen folgend, einige Tage oder einige Monate und widmete sich der Meditation. Wenn er ging, ließ er nichts zurück als die Asche seiner Feuerstelle und die Spuren seiner Schritte. In den Dörfern stellte er sich in den Dienst der anderen, in den Eremitagen sammelte er sich voller Freude in der Kontemplation. Er war frei in seinen Gedanken und frei in seinen Handlungen. Er hatte nur einen Gedanken und ein Gebet:

Möge, solange das Universum existiert,
so lange, wie es Lebewesen geben wird,
auch ich bleiben können,
um den Schmerz der Welt zu lindern.

Die Charaktere in dieser Erzählung sind frei erfunden, nehmen jedoch auf lebende Personen Bezug. Ihre Geschichte stellt ein Mosaik von Begebenheiten dar, die ich oder andere vor langer Zeit oder in jüngerer Vergangenheit erlebt haben. Die Schneepagode existiert, ich möchte ihren Namen allerdings nicht preisgeben. Das »Ende der Welt« soll bleiben, was es ist …